박재삼문학상
수상작품집

제1회 박재삼문학상 수상작품집

2012년 6월 1일 1판 1쇄 찍음
2012년 6월 8일 1판 1쇄 펴냄

지은이	이시영 외
펴낸이	손택수
주간	이명원
편집	이상현, 이호석, 박준
디자인	풍영옥
관리 · 영업	김태일, 이용희, 김가영

펴낸곳	(주)실천문학
등록	10-1221호(1995.10.26.)
주소	우121-839, 서울시 마포구 서교동 478-3 동궁빌딩 501호
전화	322-2161~5
팩스	322-2166
홈페이지	www.silcheon.com

ISBN 978-89-392-0677-9 03810

이 도서의 국립중앙도서관 출판시도서목록(CIP)은
e-CIP홈페이지(http://www.nl.go.kr/ecip)와
국가자료공동목록시스템(http://www.nl.go.kr/
kolisnet)에서 이용하실 수 있습니다.
(CIP제어번호:CIP2012002476)

박재삼문학상
수상작품집

실천문학사

| 차례 |

1부

박재삼문학상 수상자

이시영

경찰은 그들을 사람으로 보지 않았다

1949년 전남 구례에서 태어나 서라벌예대 문예창작과를 졸업하고 고려대 대학원 국문학과에서 수학했다. 1969년 『중앙일보』 신춘문예에 시조가, 『월간문학』 신인 작품모집에 시가 당선되어 등단했다. 『만월』, 『바람 속으로』, 『길은 멀다 친구여』, 『무늬』, 『사이』, 『은빛호각』, 『경찰은 그들을 사람으로 보지 않았다』 등의 시집과 시 선집 『긴 노래, 짧은 시』를 간행했다. 정지용문학상, 동서문학상, 백석문학상, 현대 불교문학상, 지훈상, 대한민국 문화예술상 등을 수상했으며, 현재 한국작가회의 이 사장과 단국대학교 초빙교수로 있다.

　박재삼 시인은 한국시의 전통적 서정을 특유의 가락에
실어 가난과 한, 허무의 측면을 당대의 현실과 결부시켜 뛰
어난 문학적 성과를 이룬 시인이다. 핍박과 곡진으로 대변
되었던 가난한 민중의 시대에서 그의 시는 첨예한 현실 인
식과 함께 슬픔의 미학으로 우리 시의 중요한 원형과 정서
적 교감을 회복하는 데 기여했다. 제1회 박재삼문학상의 심
사는 이러한 박재삼 시인의 시정신을 기리고 이어가는 취
지를 갖고 지난 1년간 출간된 시집 중에 선별되었다. 예심
을 거쳐 논의된 시집은 최종천『고양이의 마술』, 이홍섭
『터미널』, 허수경『빌어먹을, 차가운 심장』, 조용미『기억의
행성』, 조정권『고요로의 초대』, 김진완『모른다』, 박형준
『생각날 때마다 울었다』, 유종인『사랑이라는 재촉들』, 이
시영『경찰은 그들을 사람으로 보지 않았다』, 강은교『네가
떠난 후에 너를 얻었다』, 최금진『황금을 찾아서』, 도종환
『세시에서 다섯시 사이』, 천양희『나는 가끔 우두커니가 된
다』, 심보선『슬픔이 없는 십오초』이상 열네 분의 시집이
었다. 논의된 시집의 시적 성과는 박재삼문학상의 시맥과

닿아 있고 한국시가 맥을 이어온 전통적 혈류로부터 벗어나지 않은 채 각각 자신만의 고유하고 정제된 언어로 오늘의 서정과 현실 인식의 한 측면을 담아내고 있었다. 아울러 예심위원들은 이러한 시적 작업들의 성과들은 근래의 언어의 도단과 방청자의 입장에서 다소 대중으로부터 멀어져 간 듯한 우리시의 서정이 가야 할 새로운 시적 징후를 발견하기도 했다.

김경주 시인(글), 손택수 시인, 이혜원 문학평론가

■ 김사인 시인

박재삼문학상은 어떤 시인에게 수여되어야 마땅하겠는가. 생각건대 우선, 문학의 발전, 그것도 한국어 시문학의 발전에 기여하는 바가 큰 시집 또는 시인에게 시상되어야 할 것은 재론의 여지가 없을 듯하다. 다음으로는, 그중에서도 박재삼의 시적 미덕을 의미 있게 계승하는 업적에 대해 상이 주어지는 것이 적절하지 않을까 한다. 따라서 한국 시의 발전 방향에 대한 나름대로의 판단을 세우는 동시에 박재삼 문학의 정수가 무엇인지에 대해 매년 창조적 재해석을 수립하는 일이야말로 심사위원들이 저마다 고심할 바가 아닐 수 없다. 그에 더하여, 상 제정 이후 첫 시상인 까닭에 이번에는 추후에 참고가 됨직한 선례가 제시되어야 한다는 책임이 부가된다고 할 수 있다. 심사에 임하는 나의 기준은 대략 위와 같았다.

눈 밝은 예심위원들이 추천한 14권의 시집을 본심의 심의 대상으로 삼았다. 그 가운데 조용미, 조정권, 허수경의 시집은 충분히 경의에 값하는 것이었지만, 서민적 애환, 눈물과 선량함을 빼고 박재삼 문학을 논할 수 없다고 보는 나로서는 이시영의 시적 지향이 이 상의 첫 수상자로 가장 부합하다고 판단했다. 이시영의 시들은 어김없이 부드럽고 선량하며, 해학과 함께 품위를 갖추고 있다. 도회의 살풍경을 견뎌가는 하찮고 여린 삶들과, 그 속의 애틋한 농경적 숨결들을 향해 공감과 연민의 손길을 건네는 일은 시력 40년을 일관하는 그의 주제를 이룬다. 그처럼 긴 숙성을 거쳐 빚어진 그의 '단형 서사'는, 이번 시집에 이르러 독보적 기품을 얻은 듯하다. 그것은 또한 백석 이래 김종삼, 박용래, 박재삼 등 그 '마음 가난함'으로서 시의 지복(至福)에 나아갔던 한국 현대시의 아름다운 한 계보를 잇고 있다고 보인다. 먼 곳에 계신 박재삼 선생께서도 이 첫 수상자를 기꺼워하시리라 생각한다.

■ 신경림 시인

이시영의 시집 『경찰은 그들을 사람으로 보지 않았다』는 우선 형식 면에서 우리 시의 새로운 장을 열었다 할 수 있다. 얼핏 보면 그의 시는 일관되게 산문 형식을 취하고 있는 것처럼 보인다. 그러나 단 한 편도 산문적인 것이 없는

데 주목하면서 읽을 때 그의 시의 참맛을 알게 된다. 절제된 언어 구사와 과감한 생략이 시에 생동감을 더해주고 있음을 알 수 있기 때문이다. 그의 시적 관심이 편협돼 있지 않다는 점도 미덕의 하나이다. 선시를 연상케 하는 시가 있는가 하면 시사적인 내용도 배제하고 있지 않으며 과거의 민주화운동의 단순한 회상으로 오해될 성질의 시도 적지 않다. 그러면서도 한 편 한 편이 시적 긴장과 재미를 놓치고 있지 않다. 한편 요즈음의 우리 시가 지나치게 말 재미에 빠져 허황되고 현실성이 부족하다는 지적이 많은데, 이 점에서도 그의 시는 상대적으로 빛난다. 그의 시에서 가장 빛나는 대목은 염무웅 교수가 시집의 짧은 뒷글에서 지적하고 있듯 자기 성찰적인 내용의 시들일 것이다. 이 시들 속에서 시인은 자기의 삶을 돌아보면서 인간이란 무엇인가, 어떻게 사는 것이 바르게 사는 길인가라는 질문을 던지는 한편, 시가 하는 일, 시가 할 수 있는 일에 대해서 다시 한 번 생각하게 만든다. 다소 시류에서 벗어나 있는 듯하지만 오히려 바로 그 점 때문에 이 시집이야말로 최근 우리 시단이 성취한 가장 뛰어난 성과로 여겨도 틀리지 않다고 확신하면서 수상작으로 결정하는 데 주저하지 않았다.

■ 이하석 시인

예선에서 올라온 14권의 시집을 읽고 나서 선뜻 선택한 게 이시영의 시집 『경찰은 그들을 사람으로 보지 않았다』였다. 길지 않은 토의 끝에 심사위원 전원이 그의 시집을 꼽아 들었던 게 이례적이었다. 최근의 우리 시 풍토가 보여주는 난맥상에서 벗어나 그의 시는 현실의 정면을 향해 서 있는 듯하다. 그리하여 우리 시를 새삼스럽게 되돌아보게 하는 듯하다. 그 점에서 후한 점수를 받았으리라. 시가 짧다는 점에서 그는 과묵하다고 할 수 있다. 그리고, 간명하게, 말한다. 자신의 생각이나 구호, 또는 주장을 내세워 드러내지 않고, 사실의 실체를 바로 보여준다. 사실을 간명하게 바로 보여주려는 의도는 그 전달력이 크고 확실하기를 바라기 때문이리라. 또한 세계의 진실을 설명하거나 해석하지 않으면서 바로 보여주는 것은 그 세계의 진실을 옳게 드러내려 하기 때문이리라. 그 점에서 그의 시는 범상한 태도를 견지하면서도 비범한 모습으로 떠오른다고 할 수 있겠다. 그의 시의 비범성은 언어의 밀도가 여백에 의해 더욱 꽉 조여진 듯 느껴지는 데서 두드러진다. 서정시가 갖는 본연의 정서와 미감의 균형을 유지하면서 현실적인 문제를 간과하지 않고 떠올려 우리 시대의 진실을 유감없이 보여준다. 이러한 시적 태도는 서정과 서사를 하나로 아우르는 특이한 감성에서 우러난다고 할 수 있겠다.

세월의 두터운 망각과 외면 속에서도
발하는 빛

　김명인 시인으로부터 박재삼문학상을 받게 되었다는 소
식을 접하자마자 나는 십여 년 전 한 일간지의 '시가 있는
아침'의 고정 필자로서 "진주장터 생어물전에는/바다밑이
깔리는 해다진 어스름을," 로 시작되는 그의 시 「추억에서」
를 소개하고 덧붙인 다음과 같은 말을 떠올렸다.

　"마음도 한자리 못 앉아 있는 마음일 때" 동무삼아 이 시
　를 따라 읽다보면 "어느새 등성이에 이르러" 눈물이 난다.
　1960년대 학생 시절부터 박재삼을 읽기 시작했으니 햇수로
　치면 어느덧 40년, 이제 나는 그의 「울음이 타는 가을강」과
　「추억에서」를 당당히 고전의 반열에 올리고자 한다. 세월
　의 두터운 망각과 외면 속에서도 반짝반짝 빛을 발하며 살
　아있는 그의 '작품'에 경의를 표한다.

　　　　　　　　　　　　　　　　　—『중앙일보』 2001. 7. 17.

우리가 작고한 문인의 이름으로 된 상을 제정하고 그를 기리는 행위는 말하자면 "세월의 두터운 망각과 외면 속에서" 그를 지성껏 되살려내어 오늘의 유효한 문학적 자산으로 삼기 위해서이다. 박재삼은 한국 근대시사에서 한국인의 애틋한 정서를 유려한 언어로 조탁하여 노래함으로써 독자적인 시세계를 구축한 시인이며, 특히 그의 시 「울음이 타는 가을강」은 첫사랑에 실패한 모든 소년 시인들의 애송시였다. 나 역시 실패한 첫사랑에 대한 미련을 떨치지 못한 채 전주 천변을 거닐며 "저것 봐, 저것 봐,/네보담도 나보담도/그 기쁜 첫사랑 산골물소리가 사라지고/그 다음 사랑끝에 생긴 울음까지 녹아나고/이제는 미칠 일 하나로 바다에 다 와가는/소리 죽은 가을강을 처음 보것네."라는 구절을 외우곤 했다.

　그의 이름으로 된 상의 첫 수상자가 된 기쁨을 오래오래 간직하고 싶다.

이순의 아침

어렸을 적 소 몰고 섬진강에 나가 멱감다가 급류에 휩쓸려 그 무섭다는 용소에 빠진 적 있지. 시퍼런 물살이 기다렸다는 듯 나를 끌고 캄캄한 심연까지 내려갔다간 다시 올라오기를 수십 번, 바닥에 닿으려 발을 굴러봐도 팔을 뻗어 헤엄쳐 나오려 해도 소용돌이는 빙글빙글 내 몸을 안고 어지러이 제자리를 맴돌 뿐 아, 이젠 죽었구나라고 단념했을 때 어디서 야차같이 아귀 센 힘이 나를 낚아채 물 밖으로 내달아가는 것이었다.

모래밭에 거꾸러진 채 잠시 혼절했다가 먹은 물을 다 토하고 나서 올려다보니 거기 농업학교 다니는 무쇠 팔뚝의 육촌형이 씨익 웃고 서 있었다. 새삼 그 형의 건장한 미소가 그리워지는 이순(耳順)의 아침이다.

어머니 생각

어머니 앓아누워 도로 아기 되셨을 때
우리 부부 출근할 때나 외출할 때
문간방 안쪽 문고리에 어머니 손목 묶어두고 나갔네
우리 어머니 빈집에 갇혀 얼마나 외로우셨을까
돌아와 문 앞에서 쓸어내렸던 수많은 가슴들이여
아가 아가 우리 아가 자장자장 우리 아가
나 자장가 불러드리며 손목에 묶인 매듭 풀어드리면
장난감처럼 엎질러진 밥그릇이며 국그릇 앞에서
풀린 손 내미시며 방싯방싯 좋아하시던 어머니
하루 종일 이 세상을 혼자 견딘 손목이 빨갛게 부어 있었네

발자국

밤새도록 파도는 밤섬머리를 들이받아
가장자리에 아름다운 세모래밭을 만듭니다
그러면 시베리아에서 날아온 자욱한 철새들이
거기에 매서운 첫 획들을 찍는데
그 중엔 아주 작은 아기 것도 섞여 있어
파도가 다시 와선 뺨 부비곤 했답니다

겨울은 깊어간다

순록이 그 순한 뿔을 흔들며 겨울 툰드라를 질주한다. 이 누이트족 사냥꾼 소년은 바닥에 착 엎드린 채 아까부터 그를 정조준하고 있다. 무리에서 떨어져나온 순록은 달리면서도 꼭 한번 뒤를 돌아다보기 때문이다. 한참을 달리던 순록이 무엇을 깜빡 잊었다는 듯 갑자기 돌아서서 소년 쪽을 바라본다. 기다렸다는 듯 탕, 하고 소년의 장전된 총알이 푸른 하늘을 뚫고 나간다. 옆구리를 관통당한 순록이 비칠비칠 제자리를 두어 바퀴 맴돌다가 찬 바닥에 무릎을 꺾고 얼굴을 묻는다. 세상은 이렇듯 냉정한 것이다! 그리고 극지의 겨울은 한결 더 깊어간다.

저녁의 몽상

　사는 것이 사는 것 같지 않고 으스스 몸이 시릴 때, 아니
내 삶이 내 삶으로 도저히 용납되지 않을 때, 그것이 또한
오로지 남의 탓이 아닐 때 등을 돌리고 서면 거기 안서호의
황혼녘에 오리들이 몇 유쾌한 직선들을 그으며 나아가고
있었나니, 나 425호 남의 연구실 유리창에 이마를 갖다대
고 그것들의 한없이 자유로운 유영을 지켜보곤 하였으나
내가 저 오리가 되기엔 너무 늙었거나 조금 일렀으며, 생은
어디에 기댈 데도 없이 저처럼 뭉툭한 머리를 내밀고 또 물
밑에선 갈퀴질을 죽어라고 해대며 쌩까라*고 저 홀로 갈 데
까지 가보는 것이라고 다짐하곤 했는데, 그때쯤이면 해가
풍덩 가라앉은 저녁 안서호의 따스한 물결이 내 가슴 통증
께로 조금씩 밀려오곤 해 나는 서둘러 텅 빈 가방을 챙겨
의대에서 오는 여섯시 막차 퇴근버스를 타러 언덕길을 총
총히 내려가곤 했다.

* '쌩까다'라는 경상도 사투리는 이성복의 시(「관심을 끌기 위해서였다」, 『달
　의 이마에는 물결무늬 자국』, 열림원, 2003.)에서 빌려옴.

정님이

용산역전 늦은 밤거리

내 팔을 끌다 화들짝 손을 놓고 사라진 여인

운동회 때마다 동네 대항 릴레이에서 늘 일등을 하여 밥
솥을 타던

정님이누나가 아닐는지 몰라

이마의 흉터를 가린 긴 머리, 날랜 발

학교도 못 다녔으면서

운동회 때만 되면 나보다 더 좋아라 좋아라

머슴 만득이 지게에서 점심을 빼앗아 이고 달려오던 누나

수수밭을 매다가도 새를 보다가도 나만 보면

흙 묻은 손으로 달려와 청색 책보를

단단히 동여매주던 소녀

콩깍지를 털어주며 맛있니 맛있니

하늘을 보고 웃던 하이얀 목

아버지도 없고 어머니도 없지만

슬프지 않다고 잡았던 메뚜기를 날리며 말했다

어느 해 봄엔 높은 산으로 나물 캐러 갔다가

산뱀에 허벅지를 물려 이웃 처녀들에게 업혀와서도
머리맡으로 내 손을 찾아 산다래를 쥐여주더니
왜 가버렸는지 몰라
목화를 따고 물레를 잣고
여름밤이 오면 하얀 무릎 위에
정성껏 삼을 삼더니
동지섣달 긴긴밤 베틀에 고개 숙여
달그당잘그당 무명을 잘도 짜더니
왜 바람처럼 가버렸는지 몰라
빈 정지 문 열면 서글서글한 눈망울로
이내 달려나올 것만 같더니
한번 가 왜 다시 오지 않았는지 몰라
식모 산다는 소문도 들렸고
방직공작에 취직했다는 말도 들렸고
영등포 색싯집에서 누나를 보았다는 사람도 있었지만
어머니는 끝내 대답이 없었다
용산역전 밤 열한시 반
통금에 쫓기던 내 팔 붙잡다

날랜 발, 밤거리로 사라진 여인

고개

앞산길 첩첩 뒷산길 첩첩
돌아보면 정든 봉 첩첩
아재야 아재야 정갑이 아재야
지게목 떨어진다 한가락 뽑아라
네 소리 아니고는 못 넘어가겠다
기러기떼 돌아 넘는 천황재 아홉 굽이
내 오늘 너를 묶어 이 고개 넘는다만
언제나 벗어나리,
가도 가도 서러운 머슴살이 우리 신세
청포꽃 되어 너는 어덕 아래 살짝 필래
파랑새 되어 푸른 하늘 훨훨 날래
한 주인을 벗어나면 또 다른 주인
한 세월 섬기고 나면 더 검은 세월
못 살아가겠다고 못 참겠다고 너도 울고 낫도 울고 쩌렁
쩌렁 울었지만
오늘은 찬 바람에 봉두난발 날리며
말없이 너도 넘고 나도 넘는다
뭇새들 저러이 울어 예

차마 발 떨어지지 않는 느티목 고개,
묶인 너 부여안고 한번 넘으면 그만인 아, 죽살잇 고개를

마음의 고향 2
__ 그 언덕

왜 그곳이 자꾸 안 잊히는지 몰라
가름젱이 사래 긴 우리 밭 그 건너의 논실 이센 밭
가장자리에 키 작은 탱자 울타리가 쳐진.
훗날 나 중학생이 되어
아침마다 콩밭 이슬을 무릎으로 적시며
그곳을 지나다녔지
수수알이 꽝꽝 여무는 가을이었을까
깨꽃이 하얗게 부서지는 햇빛 밝은 여름날이었을까
아랫냇가 굽이치던 물길이 옆구리를 들이받아
벌건 황토가 드러난 그곳
허리 굵은 논실댁과 그의 딸 영자 영숙이 순임이가
밭 사이로 일어섰다 앉았다 하며 커다란 웃음들을 웃고
나 그 아래 냇가에 소 고삐를 풀어놓고
어항을 놓고 있었던가 가재를 쫓고 있었던가
나를 부르는 소리 같기도 하고
솨르르 솨르르 무엇이 물살을 헤짓는 소리 같기도 하여
고개를 들면 아, 청청히 푸르던 하늘

갑자기 무섬증이 들어 언덕 위로 달려오르면
들꽃 싸아한 향기 속에 두런두런 논실댁의 목소리와
까르르 까르르 밭 가장자리로 울려퍼지던
영자 영숙이 순임이의 청랑한 웃음 소리
나 그곳에 오래 앉아
푸른 하늘 아래 가을 들이 또랑또랑 익는 냄새며
잔돌에 호미 달그락거리는 소리 들었다
왜 그곳이 자꾸 안 잊히는지 몰라
소를 몰고 돌아오다가
혹은 객지로 나가다가 들어오다가
무엇이 나를 부르는 것 같아
나 오래 그곳에 서 있곤 했다

시월

심심했던지 재두루미가 후다닥 뛰어올라
푸른 하늘을 느릿느릿 헤엄쳐간다
그 옆의 콩꼬투리가 배시시 웃다가 그만
잘 여문 콩알을 우수수 쏟아놓는다
그 밑의 미꾸라지들이 더 이상 참을 수 없다는 듯
봇도랑에 하얀 배를 마구 내놓고 통통거린다
먼길을 가던 농부가 자기 논에 무슨 일이 일어났는지 고
개를 갸웃거리며 가만히 들여다본다

잠들기 전에

　내 영혼은 오늘도 꽁무니에 반딧불이를 켜고 시골집으로 갔다가 밤새워 맑은 이슬이 되어 토란잎 위를 구르다가 햇볕 쨍쨍한 날 깜장고무신을 타고 신나게 봇도랑을 따라 흐르다가 이제는 의젓한 중학생이 되어 기나긴 목화밭 길을 걷다가 느닷없이 출근했다가 아몬드에서 한잔하다가 밤늦은 시간 가로수 긴 그림자를 넘어 언덕길을 오르다가 다시 출근했다가 이번에는 본 적 없는 어느 광막한 호숫가에 이르러 꽁무니의 반딧불이도 끄고 다소간의 눈물 흘리다.

1949년 음력 8월 6일 지리산 아래 전남 구례에서 등화관제 속에서 태어남. 낮에는 국방군에 의해 치안이 유지 되고 밤이면 빨치산에 의해 마을의 평화가 보증되는 아슬아슬한 유년기를 보냄.

1961년 초등학교 6학년 가을, 난생처음 기차를 타고 여수로 수학여행을 갔는데 기차라는 신문명도 신기로웠지 만 불빛 환한 항구도시의 밤 풍경이 어린 나를 매혹 함. 저녁에 여관을 몰래 빠져나와 붕어빵을 사먹으 면서 앞으로 크면 도시에 나가 살기로 굳게 결심함.

1967년 겨울, 이불 봇짐을 메고 성재희의 〈보슬비 오는 거리〉 가 울려 퍼지는 서울역에 내림. 이불 짐은 지게꾼에 게 맡기고 마중 나온 사돈처녀 이애란(당시 서울사대 생)과 함께 전차를 타고 그녀가 잡아놓은 제기3동 하숙에 도착함. 정릉천 건너 당시 성동역 뒤편의 판 자촌이 즐비하던 모습이 눈에 선함.

1968년 3월 서라벌예술대학 문예창작과에 입학. 서정주, 김 동리, 박목월, 김현승, 김구용, 이형기 등 기라성 같 은 스승들을 만남. 그리고 젊은 김현 선생에게서 교 양 불어와 초현실주의 강의를 들었는데, 그는 길음 동 '도라무통' 막걸릿집에서 간혹 우리에게 막걸리를 사줌.

1969년 1월 중앙일보 신춘문예에 시조 「수(繡)」가 당선되고 4월 전남일보 신춘문예에 시 「염전시대」가 입선됨. 7월 문화공보부 문예작품 현상공모에 시조 「소금」이 당선되고 11월 『월간문학』 제3회 신인작품공모에 시 「채탄」 외 1편이 당선되어 문단에 나옴.

1972년 서라벌예대 문예창작과 졸업. 김현, 김치수 선생 소개로 민음사에 첫 취직을 했으나 15일을 근무하고 자퇴(!)함.

1974년 1월 유신헌법에 반대하는 '개헌청원지지문인 61인 선언'에 서명하고 중앙정보부에 처음으로 연행됨. 밤을 꼬박 새우며 조사를 받고 이튿날 낮에 풀려남. 같이 나오게 된 고 오상원 작가, 조태일 시인과 함께 퇴계로 어느 중국집에서 얼큰한 짬뽕에다 독한 배갈을 마셨는데 물론 돈은 당시 동아일보 논설위원이던 오상원 선생이 냄. 3월 고려대학교 대학원 석사과정 국문학과에 입학. 11월 18일 오전 10시 광화문 의사회관 계단에서 있었던 '자유실천문인 101인 선언'에 송기원과 양쪽에서 플래카드를 들고 참여. 고은, 이문구, 박태순 등과 함께 종로서로 연행되어 마구 구타당하고 숙직실에 유치됨.

1975년   3월 서울특별시 교육위원회 중등교원 임용 순위고
사에 합격, 서라벌고등학교 국어교사로 취직.

1976년   12월 첫 시집 『만월』(창작과비평사) 간행.

1979년   7월 3일 송기원 등과 제4차 세계시인대회가 열리고
있던 워커힐로 가 구속 문인 석방하라는 구호를 외
치고 '세계 시인들에게 보내는 편지'를 낭독하다 동
부서로 연행되어 즉심에 넘겨짐. 경범죄 위반으로
이문구와 함께 성동서에 열흘간 구류됨. 이때 바로
옆방에 있던 이문구 소설가의 구성진 입담에 밤마다
유치장 동료들이 완전히 넋을 잃음.

1980년   2월 창작과비평사 편집장으로 입사. 7월 30일 가을
호 교정쇄를 계엄사 검열단에 제출했는데 이튿날인
7월 31일 국보위에 의해 계간지 『창작과비평』이 강
제 폐간됨. 출판사 사무실을 종로구 공평동에서 마
포구 아현동 누옥으로 옮기고 아동문고 사업에 전념
함. 이 무렵부터 경찰, 안기부 등의 '불법사찰'을 대
놓고 받기 시작했는데, 그 사찰이 어느 정도였느냐
하면 출근하는 아침마다 리치몬드 제과점에 앉아 안
기부 요원이 나를 빤히 기다리고 있음.

1982년	김지하 시선집 『타는 목마름으로』를 간행. 남산 안기부에 연행되어 조사를 받고 국세청에 의해 추징금 1천만 원이 부과됨. 이때 초판 발행 부수를 2,000부로 우기다가 2만 부 발행이 발각되어 구둣발 세례와 주먹질에 의해 입술이 터지고 피가 남. 풀려날 때 보니 트럭 한 대가 시내 서점과 제본소에서 압수한 책들을 가득 싣고 따라옴. 문공부에 들러 재산 포기각서를 쓰고 원효로 제본소로 가 압수된 책 전량과 지형이 완전 파기되는 모습을 지켜봄.
1984년	신경림 시인과 공편으로 신작 시집 『마침내 시인이여』를 간행. 당시로서는 보기 드물게 5만여 부가 판매되었으나 여기 실린 김지하 장시 「다라니」가 문제되어 스님들의 격렬한 항의에 시달림. 7월에 주간으로 승진.
1985년	10월 부정기간행물 『창작과비평』 57호 간행. 이로 인하여 서울시로부터 12월 9일자로 출판사가 등록 취소됨. 이에 항의하는 문학인 및 각계 인사 2,853명의 항의문 및 서명록을 문공부, 청와대 등에 보내고 자유실천문인협의회 등에서 연일 밤샘 농성을 함.
1986년	8월 5일 '창작사'로 출판사 등록이 허가됨. 출판사

이름에서 '비평'이 빠진 것도 우습지만 당국에 의해
나의 보직이 '주간'에서 '업무국장'으로 변경됨. 8월
첫시집 이후 10년 만에 두 번째 시집 『바람 속으로』
(창작사)를 간행.

1987년 자유실천문인협의회 집행위원으로 '유월항쟁'에 적
극 참여함. 서울역에서 후암동을 거쳐 남산으로 오
르는 길이 최루탄과 벽돌 조각으로 자욱하던 기억이
생생함. 12월 대통령 선거전이 한창이던 무렵, 나를
'전보 발령'한 문공부 매체국장으로부터 계간지 복
간을 준비하라는 전화를 직접 받음.

1988년 3월 『창작과비평』 복간호(통권 59호)가 발행되고, 마
포구청에 가서 출판사 이름도 '창작과비평사'로 변
경함. 3월 세 번째 시집 『길은 멀다 친구여』(실천문학
사) 간행.

1989년 『창작과비평』 겨울호에 황석영 북한방문기 「사람이
살고 있었네」를 게재함. 11월 23일 안기부로 연행되
자마자 이번엔 단추를 꼭 채워 감옥에 보내주겠다고
위협함. 25일 국가보안법 위반 혐의로 구속영장이
발부되어 12월 9일 서울구치소로 넘겨질 때까지 17
일간 지하실에 구금되어 온갖 조사를 받음.

1990년	2월 3일 보석으로 서울구치소에서 풀려남. 1심(92년), 2심(93년)을 거쳐 3심(95년)에서 징역 8월, 자격정지 1년, 집행유예 2년으로 형이 확정됨. 이후 95년 8월 15일 대통령에 의해 특별복권이 이루어짐.
1991년	5월 네 번째 시집 『이슬 맺힌 노래』(들꽃세상) 간행.
1994년	5월 다섯 번째 시집 『무늬』(문학과지성사) 간행. 이 시집으로 12월 제4회 서라벌문학상 수상.
1995년	2월 (주)창작과비평사의 대표이사 부사장이 됨. 5월 첫 산문집 『곧 수풀은 베어지리라』(한양출판) 간행.
1996년	3월 여섯 번째 시집 『사이』(창작과비평사) 간행. 5월 여기 실린 시 「마음의 고향 6」으로 제8회 정지용문학상 수상. 그러나 상금이 하나도 없는 상이라 이날 뒤풀이 비용으로 나간 200여만 원을 창작과비평사에서 대납해줌.
1997년	10월 일곱 번째 시집 『조용한 푸른 하늘』(솔출판사) 간행.
1998년	1월 민족문학작가회의 상임이사로 선임됨. 9월 시집 『조용한 푸른 하늘』로 제11회 동서문학상 수상.
2000년	1월 (사)민족문학작가회의 부이사장에 선임됨.
2001년	가을 미 뉴욕주 코넬대에서 세 사람(김수영, 신경림,

이시영) 영역 시집 *Variations : Three Korean Poets*
가 '동아시아 시리즈'의 하나로 출간됨. 역자는 앤소
니 티그, 김영무 교수.

2003년   3월 31일 23년 2개월을 몸담아온 창작과비평사를
퇴직함. 11월 여덟 번째 시집 『은빛 호각』(창비) 간
행.

2004년   5월 『은빛 호각』으로 제9회 현대불교문학상과 제4
회 지훈상(문학부문)을 수상. 같은 달 아홉 번째 시집
『바다 호수』(문학동네) 간행. 이 시집으로 11월 제6
회 백석문학상 수상.

2005년   5월 열 번째 시집 『아르갈의 향기』(시와시학사) 간행.

2006년   3월 단국대학교 문예창작과 초빙교수로 위촉됨.

2007년   6월 열한 번째 시집 『우리의 죽은 자들을 위해』(창
비) 간행. 10월 제39회 대한민국 문화예술상(문학부
문) 수상.

2009년   8월 등단 40주년 기념 시선집으로 김정환 외 엮음
『긴 노래, 짧은 시』(창비) 간행.

2011년   12월 한국작가회의 젊은작가포럼이 주관하는 제10
회 '아름다운 작가상' 수상.

2012년   2월 열두 번째 시집 『경찰은 그들을 사람으로 보지

않았다』(창비) 간행. 같은 달 (사)한국작가회 정기총
회에서 임기 2년의 이사장으로 선출됨. 3월 독일
Edition Peperkorn에서 시집 『사이』의 독역본
*Dazwischen*이 Andreas Schirmer 교수 역으로 출간
됨.

▲ 평양 고려호텔 정문 앞에서. 시인 황지우가 찍어준 나의 모습. (2005. 7.)

▲ 금강산에서 열린 6·15선언 2주년 기념대회에서. 북의 오영재 시인(왼쪽), 남대현 작가와 함께

▼ 독일 라이프치히 시내에서. 최원식 평론가, 허수경 시인, 고은 시인과 함께. 제일 왼쪽은 허수경 시인의 부군. (2005. 3.)

▲ 백석문학상 수상 후, 아내 이경희와 시인 양성우, 소설가 송기원과 함께. (2004. 11.)
▼ 제1회 한중작가대회를 마치고 루쉰 고택을 찾아. 김주연, 성민엽, 김치수 평론가와 함께. (2007. 4.)

▲ 고은 시인과 경북 청송을 지나며. (1986. 가을)
▼ 구례 화엄사에서 작은딸 민화와 함께. (2007. 10.)

▲ 구례 화엄사에서 큰딸 민서와 함께. (2007. 10.)

◀ 여의도에서 천양희, 정호승, 김사인 시인과 함께. (2002)
▼ 故조태일 시인 10주기 행사가 열린 동리산 태안사 마루에서. (2009. 9. 5.)

포에티카 옥타곤(Poetica Octagon)
—『경찰은 그들을 사람으로 보지 않았다』에 부쳐

류신(문학평론가, 중앙대 독문과 교수)

　　이시영 시학의 내부 구조는 정팔각형을 닮았다. 그의 시 세계는 여덟 모로 엷게 각이 지면서 맵시 있게 마무리된 북악산 팔각정의 단아한 지붕을 연상시킨다. 서양으로 눈을 돌리면, '돌로 된 수학'의 증거로 불리는 중세 이탈리아 사냥성 카스텔 델 몬테(Castel del Mente)의 견고한 8각 성채를 닮았다. 일찍이 피타고라스는 '만물의 근원은 수'라고 말했다. 이시영 시학의 근원이 '옥타곤(octagon)'이라는 가정 아래 기하학적 상상과 논리적 분석의 연산을 시작한다. 부디 셈이 틀리지 않기를 고대한다. 이 옥타곤을 구성하는 여덟 개의 꼭짓점(vertex)은 다음과 같다. ①2행시

(epigram), ②삼행시(terza rima), ③담시(ballade), ④레디메이드(readymade), ⑤위트(wit), ⑥유머(humor), ⑦인간미(human), ⑧멜랑콜리(melancholy).

epigram

> 우리는 2행시들. 그 이상으로도 그 이하로도 자처하
> 지 않는다
> 막을 테면 막아 보라. 우리는 차단 횡목을 넘어간다.
>
> —괴테·실러, 「크세니엔(Xenien)」

　이시영의 시는 비명간결(碑銘簡潔)하다. 시인이 애용하는 2행 단시 에피그램(epigram)은 돌에 새긴 경구처럼 날카롭게 사람의 폐부를 찌르다가도, 돌연 긴 사유의 오솔길처럼 넉넉한 서정의 여백을 창출한다. 촌철과 울림 사이의 시적 자장(磁場)이 '이시영 에피그램'의 활동 공간인 것이다. 이시영 시학의 존재론적 거점이라 명명할 수 있는 이곳에서 이시영 에피그램은 세 차원으로 변주된다.
　첫째, 앙장브망(enjambement). 앞으로 줄달음질치는 하나의 시행을 중간에서 꺾어, 시의 구문이 다음 행으로 이어지게 만든다. '양 행 걸림'의 시작법을 통해 시인은 동작의 민첩함(가벼움)과 생각의 진중함(무거움)을 양분하면서 접

붙인다.

도토리 한 알을 안고 산길을 오르는
저 날다람쥐의 진지한 손짓 발짓!

—「석양에」 전문

　시인은 산책 중 우연히 눈 맞춤을 한 날다람쥐의 기민한
손놀림과 발놀림에서 감전(感電) 같은 깨달음을 얻는다. 생
존을 위해 채집한 도토리 한 알을 놓치지 않기 위해 연신
손발을 움직이는 다람쥐의 긴절한 수고에서 생의 위대함을
통찰한다. 얼핏 보면 하찮아 보이는 '잰' 움직임 속에서 생
을 향한 '쉴 새 없는' 진지함을 간파한 것이다. 한편 시의
제목도 2행 선시(禪詩)의 의미 지평을 확대하는 데 기여한
다. 다람쥐의 바지런한 "손짓 발짓"은 '석양'이라는 쓸쓸한
노년의 비유와 강한 대조를 이루며, 저물어가는 삶의 충동
을 다시금 북돋는다. 해 질 녘은 늙음을 인정하는 순명의
시간이자 생의 관심이 재점유되는 역설의 시간대인 것이
다. 정리하자. 한 문장을 2행으로 행갈이 하지 않았다면, 이
소품은 민첩함과 진지함 사이의 내적 밀도가 낮아져 잠언
으로 주저앉았을 것이다. 그리고 시의 제목을 '날다람쥐'
혹은 '도토리 한 알'로 달았다면, 표제와 내용이 중언부언
의 폐쇄 회로에 갇힌, 조금 세련된 생태 에세이 수준에 머

물렀을 것이다. 이처럼 이시영 시인은 에피그램을 시로 승화시키는 선택(행갈이의 지점)과 결정(제목 달기)에 남다른 솜씨를 보인다.

둘째, 대구법(parallelism). 두 개의 문장을 서로 맞대응시켜 수사학적 균형감을 견지하면서 의미론적 긴장감을 유발시킨다.

> 한가위 달빛 아래 세상의 모든 무덤들 평등하구나
> 그 아래 아웅다웅하시던 우리 아버지 어머니 무덤도 평
> 등하구나
>
> —「이 밤에」 전문

시인은 "무덤들 평등하구나"와 "무덤도 평등하구나"가 서로 나란히 대구를 이루게 함으로써 두 행의 유사성을 강조하고 죽음의 보편성과 개별성의 차이를 부각시킨다. '죽음 앞에 만인이 평등하다'는 다소 식상할 수 있는 추상적인 문제의식을 가족사의 구체적인 사례로 끌어내려 시적 생동감을 부여하는 이시영 시인 특유의 시작법이 잘 실현된 작품으로 읽힌다. 그리 중요하지 않은 일에 아귀다툼하는 분쟁의 세상사와 그리 대수롭지 않은 일에 아웅다웅하는 갈등의 가족사가 교호(交互)하고 교호(交好)하는 한가위 진풍경을 연출하는데 두 행밖에 필요하지 않았던 것이다. 죽음

을 격리시키는 세상을 향해 '죽음을 기억하라(memento mori)'는 진리의 빛을 풍요롭게 방사하는 한가위 달빛은 진정한 평등의 사제이다. 시의 제목이 '이 밤에'인 소이연이다.

셋째, 대조법(antithesis). 상반된 상황과 사태를 병치시켜 두 행간의 반어적 사색의 진폭을 넓힌다. 예컨대 (참새의) 출발과 (빛의) 도착, (가지의) 떨림과 (빛의) 머묾이라는 두 사건을 마주보게 함으로써 통이 트는 풍경을 현상학적으로 재현하는 데 성공한 「아침이 오다」를 보라.

> 방금 참새가 앉았다 날아간 목련나무 가지가 바르르 떨린다
> 잠시 후 닿아본 적 없는 우주의 따스한 빛이 거기에 머문다
>
> —「아침이 오다」 전문

빛(인식)의 근원인 태양을 향해 비상하는 '새'와 우주의 광원으로부터 출발해 긴 우주여행 끝에 착륙하는 '빛'이 순간적으로 교차되는 목련나무 가지는 이시영 시학의 소실점으로 봐도 무방하다. 현상의 가시 영역을 초월하려는 새의 떠남은 현실로의 귀환을 전제로 한 외출이다. 자의식의 투명성을 향해 날갯짓하는 이 새는 우주의 영원 속으로 무화

(無化)되지 않고, 다시 온기를 머금은 빛으로 되돌아와 현실 세계를 톺는다. 빛이 머무는 가지가 "바르르" 진동하는 이유는 여기에 있다. 이처럼 종교적 해탈주의나 허무적 탐미주의의 심연으로 침몰하지 않으려는 시인의 창작 의지가 간결한 두 행 속에서 아침 햇살처럼 반짝인다.

에피그램은 통상 호기심을 자극하는 1행과 예견치 못한 해명으로 갑자기 그 기대를 충족시켜주는 2행, 즉 "기대감과 해결의 이분구조"(고트홀트 레싱)로 이루어져 있다. 전반부에서 부풀려진 기대감이 후반부에서 예측하지 못한 방향으로 전환될 때 에피그램은 참신한 기지로 생기를 얻는다. 여기 앞과 다른 아침 풍경이 있다.

> 팔리고 남은 숭어 한 마리가 순한 눈망울로 수족관 안을
> 어슬렁거리고 있다
> 주인이 째진 눈으로 그것을 바라보고 있다
>
> ─「아침에」 전문

이 시에는 두 번의 기대 배반이 잠복해 있다. 먼저 수족관에 감금된 물고기는 비린내를 풍기며 사형 집행을 기다리는 산 주검(undead) 신세로 인식되는 것이 통념이다. 그러나 사육장에서 유유자적 유영하는 이 숭어 녀석은 이미 죽음을 달관한 도인의 기풍을 보인다. 독자의 기대를 낯설

게 만들어 호기심을 유발시키는 설정이라 하겠다. 한편 2행
에서는 돌연 주인의 시선이 출현한다. 죽을 날 받아놓고 살
아가는 미물(微物)의 한가로운 여유와는 대조적으로 어제
저녁 미처 팔지 못하고 살아남은 숭어를 째려보는 '경제적
인간'의 독살스러운 불만이 노골적으로 표출된다. 이처럼
가해자와 피해자의 시선을 뒤집어 주객을 전도시키는 대조
법을 통해 시인은 물고기만도 못한 인간의 탐욕으로 깨어
나는 '문명의 아침'을 재치 있게 풍자한다. 영국 시인 사무
엘 콜리지(Samuel Taylor Coleridge)는 이렇게 말했다. "에
피그램이란 무엇인가? 조그마한 전체. 그 몸은 간결이며,
그 넋은 위트이다." 괴테의 말대로 이시영 에피그램이 못
넘을 차단 횡목은 없다.

terza rima

> 3은 그 자체로 9의 인수이며, 위대한 기적의 인수는
> 셋이면서 동시에 하나인 삼위일체의 하느님이시기에.
> —단테, 「새로운 인생」

이시영의 시는 안정적이다. 변증법적 균형 감각이 남다
른 덕분이다. 특히 3행시에서 그의 시는 가장 듬직한 모양
새와 성숙한 됨됨이를 보여준다. 그가 선호하는 3행시는 이

탈리아 3행 연구(聯句) 테르차 리마(terza rima)를 닮았다. 단테가 고안하여 『신곡』에서 처음 사용한 테르차 리마는 음악성과 리듬감을 유지하도록 '사슬 각운'(사슬의 고리처럼 각운이 한 행 건너 반복되는 압운 체계. 도식 : aba bcb cdc … … xyx yzy)으로 짜여 있는데, 이러한 3행의 정연한 구성 형식은 기하학적 예술성을 구현할 뿐만 아니라 종교적 삼위일체(trinitas)를 상징한다. 여기서 주목해야 할 것은, 테르차 리마에서 문제의식이 농축된 시구는 대부분 가운데 두 번째 행이라는 사실이다. 예컨대 『신곡』의 제1곡 첫 번째 3행시를 보자.

> 우리 인생길의 한중간에서
> 나는 올바른 길을 잃어버렸기에
> 어두운 숲속에서 헤매고 있었다

　1300년 봄 35세("인생길의 한중간")의 단테는 삶의 좌표를 상실한 채 숲 속에서 갈팡질팡 헤매다가 베르길리우스의 안내를 받아 신의 나라로 여행길을 떠난다. '마지막 중세인이자 최초의 르네상스인'답게 단테는 '자아 찾기'의 험난한 순례를 떠난다. 단테의 문학적 상상력으로 신의 나라(지옥/연옥/천국)를 완벽하게 재현했다는 측면에서 『신곡』은 근대적 주체의 도래를 예고한 고전 서사시로 우뚝하다. 이렇게 보면 인용한 첫 번째 테르차 리마의 2번째 시구("나는 올바른 길을 잃어버렸기에")는 『신곡』의 전체 주제를 온축한 시행으로 손색없다. 이러한 원칙은 이시영의 3행시에서도 견지된다.

① 모바일이 한번도 울리지 않은 날이 있다　　　　(a)

　　그런 날이면 나도 고요하고 잎새도 고요하다　　(a)

　　바람이 조금 살랑거릴 뿐이다　　　　　　　　(a)

　　　　　　　　　　　　　　　　　—「바람이 조금」 전문

② 인도 여인의 눈동자를 바라보고 있으면　　　　　　(b)

　　인간의 깊은 곳에서 걸어나온 영혼을 만난 것 같다　(a)

　　그리고 머릿속으론 갠지스 강물이 마구 출렁인다　(a)

　　　　　　　　　　　　　　　　　—「눈동자」 전문

③ 마른 나뭇잎 하나를 몸에서 내려놓고　　　　　　　(b¹)

　　이 가을 은행나무는 우주의 중심을 새로 잡느라고　(b¹)

　　아주 잠시 기우뚱거리다　　　　　　　　　　　(a)

　　　　　　　　　　　　　　　　　—「저녁에」 전문

　인용한 세 소품은 테르차 리마의 사슬 각운 규칙을 엄격하게 따르고 있지 않지만, 각운의 일정한 패턴을 변주하면서 시에 음악적 리듬감을 부여하고 있다.

①은 '대전제 → 소전제 → 결론'으로 이어지는 전통적인 삼단논법의 알고리즘을 '대전제 → 결론 ← 소전제'의 변형 삼단논법으로 변주함으로써 시적 긴장감을 고조시킨다. 또한 대전제("모바일이 울리지 않는 날")와 소전제("미풍이 부는 날") 사이의 논리적 관계를 변증법적으로 지양함으로써 결론으로 도출된 모순적인 사태('나의 고요'와 '잎사귀의 고요'의 동질성)를 시의 차원으로 옮겨놓는다.

②는 '전제 → 부연 → 결론'이라는 일반적인 설득의 수사학 패턴을 '전제 → 결론 ← 부연'의 순서로 바꿈으로써 주제를 효과적으로 돋을새김한다. 인도 여인의 애수에 젖은 순수한 '눈망울'과 성스러운 갠지스 강물의 '일렁임'이 시의 주제인 '인간의 웅숭깊은 영혼'을 양편에서 포옹하고 있는 형국이다. 이 3행시를 다음처럼 재배치해보면 시적 완성도가 현격하게 떨어짐을 확인할 수 있다. "인도 여인의 눈동자를 바라보고 있으면/(그리고) 머릿속으론 갠지스 강물이 마구 출렁인다/인간의 깊은 곳에서 걸어나온 영혼을 만난 것 같다." 이처럼 산문과 운문이 갈라지는 지점은 작고도 섬세하다. 이시영 시인은 이 기적의 전환점을 누구보다도 정확히 진맥한다.

갠지스 강을 시인 하이네는 이렇게 노래한 바 있다. "노래의 날개를 타고,/나의 사랑이여, 내 너와 함께 가련다./

갠지스 강이 들판 저편으로./거기에 나는 가장 아름다운 곳을 알고 있다.//(······) 멀리서 성스러운 강의 물결이/파도치는 소리 들려온다."(「노래의 날개를 타고」) 이곳에 사는 여인의 눈동자에서 성스러운 영혼의 물결이 파도치는 것은 당연하다.

③은 '목적 → 시도 → 결과'라는 일반적인 사건의 진행 방향을 '시도 → 목적 ← 결과'의 순서로 전복한다. 목적을 세우고 일을 추진하면 일정한 성과를 얻을 수 있는 것이 세상의 이치이다. 하지만 이 작품에서는 시도와 결과의 연관성이 아주 미미하다. 나뭇잎 하나가 떨어진다고 은행나무가 흔들거릴 가능성은 아주 희박하기 때문이다. 그러나 목적은 가히 창대하다. 바람결에 나뭇잎 하나를 제 몸에서 떨구며 한쪽으로 약간 기울어지는 이유가 "우주의 중심"을 새롭게 정립하는 데 있다니 말이다. 따라서 사소한 자연현상을 우주적 차원으로 확장시켜 해석하려는 시인의 노림수가 제2행에 잠복해 있음을 규지(窺知)할 수 있다.

살펴보았듯이, 이시영 시인에게 3행시는 구조적 안정감의 토대 위에 고전주의적 기풍을 자아내면서 시적 밀도를 높이는 맞춤한 시적 형식이다. 이시영 3행시의 가운데 행은 '세계의 축(axis mundi)'이다.

ballade

> 발라드는 신비롭지 않은 채로 신비로운 것이어야 한
> 다. 여기에는 여러 요소들이 아직 분화되지 않고, 마
> 치 살아 있는 원란(原卵) 속에서처럼 함께 있다. 이
> 알은 부화만 되면 더없이 찬란한 현상이 되어 금 날
> 개에 실려 공중으로 솟는다.
>
> — 괴테, 「발라드—성찰과 분석」

이시영의 담시(譚詩)에는 이야기와 연극과 시가 동거동락
한다. 초기 대표작 「후구도」, 「정님이」, 「지리산」 등과 같은
'민중담시(Volksballade)'를 통해 한국 현대시사에 한 획을
그은 시인은 이번 시집에서 '예술담시(Kunstballade)'라는
장르를 모색한다. 전자가 이 땅에 사는 민초들의 신산 고초
와 역사의 비극을 소박하게 노래한다면, 후자는 시적 · 서
사적 · 극적 요소를 하나로 수렴하려는 이상주의적 성향을
띤다. 예술담시의 창시자 괴테는 문학의 세 가지 기본 형식
인 서사, 서정, 극이 집약적으로 공존하는 발라드를 원란(原
卵, Ur-Ei)이라 불렀다. 말하자면 발라드를 문학이 분화되
기 이전의 가장 이상적인 잠재태로 인식했던 셈이다. 이시
영이 부화시키기 위해 품은 원란의 축도(縮圖)를 분석해보
자.

구름 염소가 구름 양을 보고 말했습니다.

"집에 가자, 우리!"

지평선으로 붉게 지는 해를 보며 구름 양이 말했습니다.

"안돼. 어젯밤에 엄마도 끌려갔어. 집에 가면……"

"그래도 가자. 우리 가서 쉴 곳이라곤……"

구름 양은 구름 염소를 따라 터덜터덜 초원의 집을 향해 걸어갔습니다.

처음 보는 샛별 하나가 돋아 그들 뒤를 정답게 비춰주었습니다.

—「초원의 집」 전문

시의 제목 '초원의 집'은 1980년대 일요일 아침이면 텔레비전 앞을 떠날 수 없게 만들었던 드라마 〈초원의 집(Little House On the Prairie)〉을 연상시킨다. 원작은 미국의 동화작가 로라 잉걸스 와일더의 성인 동화이다. 찰스 잉걸스와 그의 아내 캐롤라인, 둘째 딸 로라 등 다섯 자녀를 중심으로 1870년대 미국 농촌의 삶을 그린 이 작품은 잉걸스 가족과 이웃들, 마을에서 일어난 사건 등 실존 인물들의 실화를 바탕으로 역경 속에서도 오순도순 도우며 살아가는 소박한 사람들의 이야기이다. 여기서 초원에 자리 잡은 통나무집은 척박한 서부 개척 시대를 살아가는 이들의 따뜻한 보금자리로 기능한다. 프랑스 시인 클로드 비제(Claude Vigee)

는 초원의 집을 이렇게 노래한다. "초원의 한 부분인, 저녁의 불빛인 집이여/너는 갑작스레 사람의 얼굴을 얻는다/너는 안으며 안기며 우리 곁에 있다." 그렇다. 초원의 집은 야성적인 자연으로부터 인간을 지켜주는 어머니의 품과 같은 공간이다. 가스통 바슐라르(Gaston Bachelard)가 "집은 인간에게 안정된 근거와 그 환상을 주는 이미지들의 집적체이다"(『공간의 시학』)라고 말한 까닭은 여기에 있다.

이시영 시인은 잉걸스의 동화의 주제를 짧은 이야기시로 압축한다. 우선 시인은 잉걸스 부부의 자녀를 "구름 염소"와 "구름 양"으로 치환한다. 저녁노을이 붉게 물든 지평선 너머로 가뭇없이 사라지는 염소와 양 모양의 구름에서 하루 일과를 마치고 집으로 귀환하는 아이들의 이미지를 읽어낸다. 밤이 되면 사라질 수밖에 없는 구름의 숙명을 뉘엿뉘엿 지는 해에 납치되어 끌려갔다고 비유하는 시인의 상상력이 참신하다. 어젯밤에 엄마 구름도 끌려간 것을 알면서도 "터덜터덜" 초원의 집을 향해 걸어가는 두 아이 구름. 그리고 이들이 가는 길을 "정답게" 밝혀주는 샛별. 이 대목에서 루카치의 유명한 문장이 떠오른다. "별이 빛나는 창공을 보고 갈 수 있고 또 가야만 하는 길의 지도를 읽을 수 있었던 시대는 얼마나 행복한가? 별빛이 그 길을 훤히 밝혀주던 시대는 얼마나 행복했던가?"(『소설의 이론』) 가족의 우애, 자연의 축복, 노동의 즐거움, 이웃과의 연대가 구현되

는 이 초원의 유토피아는 우리가 가닿고 싶어하는 마음의
고향이 아닌가?

이러한 문제의식을 형상화하기 위해 이시영 시인은 ①
삼인칭의 관찰자 시점("구름 양이 말했습니다") 아래 서사를
전개시키면서, ②대상성이 너와 나로 환원되는 극적인 대
화양식("집에 가자, 우리")을 삽입시키고, ③가장 미학적이
고 상징적인 시적 비유("처음 보는 샛별 하나가 돋아")로 시
를 갈무리하고 있다. 이렇게 보면 「초원의 집」은 서사와 연
극과 서정이 절묘하게 삼투된 예술담시로 손색이 없다. 한
지붕 세 가족. 이시영의 발라드는 문학의 세 장르가 "앞서
거니 뒤서거니 사이좋게"(「저세상」) 사는 오두막이다. 그런
데 이 집에서 때가 되면 금시조가 공중으로 솟는다.

readymade

> 마르셀 뒤샹은 매우 지적인 판단 하에 레디메이드
> 를 선별했다. 그것은 미에 대한 관습적인 개념으로
> 부터 벗어나기 위해 잠재적인 미적 가치를 지니지
> 못한, 근본적으로 '반(反)미학적'인 사물을 선택하는
> 것이다.
>
> ─매슈 게일, 「다다와 초현실주의」

이시영의 시는 단도직입(單刀直入)한다. 우회하지 않고 직설적이며, 감상에 젖지 않고 냉정하다. 흡사 신문 사회면의 기사와 같다. 이전 시집『우리의 죽은 자들을 위해』에서 신문 기사, 보도 자료, 책의 일부를 발췌하거나 전재하는 독보적인 방식의 '인용시'를 선보였던 시인은 이번 시집에서도 별다른 감정의 개입이나 시적 가공 없이 '사실'을 그대로 제시함으로써 사회 문제에 적극적으로 개입하는 참여 시인의 면모를 견수(堅守)한다. 이시영 시인에게 아름다운 시를 조탁하는 일 못지않게 "감추어진 세계의 진실을 드러내는"(「시인의 말」) 작업이 더 절실하고 가치 있는 일이기 때문이다. 세상의 불의에 대한 가장 직접적인 반응인 인용시는 '이시영 실천이성'의 발화 형식이다. 실례로 이번 시집의 표제작(「경찰은 그들을 사람으로 보지 않았다」)은 2009년 서울 용산 철거민 화재 참사를 사실적으로 보도한다.

　경찰은 그들을 적으로 생각하였다. 2009년 1월 20일 오전 5시 30분, 한강로 일대 5차선 도로의 교통이 전면 통제되었다. 경찰 병력 20개 중대 1600명과 서울지방경찰청 소속 대테러 담당 경찰특공대 49명, 그리고 살수차 4대가 배치되었다. 경찰은 처음부터 철거민을 사람으로 생각하지 않았다. 한강로2가 재개발지역의 철거 예정 5층 상가 건물 옥상에 컨테이너 박스 등으로 망루를 설치하고 농성중인

세입자 철거민 50여명도 경찰을 사람으로 생각하지 않았다. 대신 최후의 자위책으로 화염병과 염산병 그리고 시너 60여 통을 옥상에 확보했다. 6시 5분, 경찰이 건물 1층으로 진입을 시도하자 곧바로 화염병이 투척되었다. 6시 10분, 살수차가 건물 옥상을 향해 거센 물대포를 쏘았다. 경찰은 생쥐처럼 흠뻑 젖은 시민을 중요 범죄자나 테러범으로 생각하는 듯했다. 6시 45분, 경찰특공대원 13명이 기중기로 끌어올려진 컨테이너를 타고 옥상에 투입되었다. 이때 컨테이너가 망루에 거세게 부딪쳤고 철거민들이 던진 화염병이 물대포를 갈랐다. 7시 10분, 망루에서 첫 화재가 발생했다. 7시 20분, 특공대원 10명이 추가로 옥상에 투입되었다. 7시 26분, 특공대원들이 망루 1단에 진입하자 농성자들이 위층으로 올라가 격렬히 저항했고 이때 내부에서 벌건 불길이 새어나오기 시작했으며 큰 폭발음과 함께 망루 전체가 화염에 휩싸였다. 물대포로 인해 옥상 바닥엔 발목까지 빠질 정도로 물이 홍건했고 그 위를 가벼운 시너가 떠다니고 있었다. 불길 속에서 뛰쳐나온 농성자 3, 4명이 연기를 피해 옥상 난간에 매달려 살려달라고 외쳤으나 아무도 그들을 돌아보지 않았다. 그들은 결국 매트리스도 없는 차가운 길바닥 위로 떨어졌다. 이날의 투입작전은 경찰 한 명을 포함, 여섯 구의 숯처럼 까맣게 탄 시신을 망루 안에 남긴 채 끝났으나 애초에 경찰은 철거민을 사람으로 생각하지

않았으며 철거민 또한 그들을 전혀 자신의 경찰로 여기지
않았다.

　한국 사회의 대표적인 참극으로 기록될 용산 철거민 살
인 진압 사태 앞에서 시는 에둘러 갈 여유가 없다. "여린 목
숨이 신나 화염에 타올랐던 2009년 1월 20일 밤,/화산재가
되어 흑우(黑雨)가 되어,/마침내 천둥이 되어,/남은 자의
가슴에 멍이 된"(김윤환, 「新바벨탑」, 『지금 내리실 역은 용산
참사역입니다』, 실천문학사, 2009) 용산참사 현장 앞에서 빼
어난 시어를 찾고, 은유와 비유와 상징의 잉여로 시를 장식
할 틈이 없는 것이다. 비극에 아름다운 시의 옷을 입힐 수
있는 것이 문학의 명예라지만, 이 참사를 목도한 이시영 시
인에게는 "아우슈비츠 이후 서정시를 쓴다는 것은 야만이
다"(아도르노)라는 명제가 여전히 유효해 보인다. 여기 지
금 자행되는 '구체적인' 불의 앞에 '추상적인' 언어유희를
용인하기에는 사태가 너무 절박하기 때문이다. 그래서 시
인은 경찰 병력과 살수차 대수, 철거민과 그들의 농성 용품
숫자 등을 자세히 적고 경찰 특공대 진입으로 여섯 목숨이
스러진 과정을 증언하기 위해 냉정하게 기록한다. 유일하
게 시인의 개인적 판단이 서린 문장은 "애초에 경찰은 철거
민을 사람으로 생각하지 않았으며 철거민 또한 그들을 전
혀 자신의 경찰로 여기지 않았다"일 뿐이다. 경찰은 공공질

서와 안녕을 보장하고 국민의 안전과 재산을 보호해야 할 의무가 있고 시민은 경찰의 치안 활동을 제도로서 공인할 권리가 있다. 그러나 용산참사는 이 둘 사이의 관계가 파국으로 치달은 참담한 사례이다. 시인은 이 역사적 퇴보의 과정을 시시각각 분 단위로 나눠 신속, 정확하게 보도한다. 5시 30분부터 7시 26분까지 총 1시간 56분. 이 나라의 양심과 정의가 화형당한 시간의 가장 구체적인 자료이자 객관적인 상징이다. 시인에 의하면 용산은 "만인은 만인의 적 (homo homini lupus). 삶과 역사의 모든 것을 경험하고 난 뒤에 누가 이 말을 용기 있게 반박할 수 있겠는가"라는 토마스 홉스의 명제가 뼈저리게 확인된 한국 현대사의 치욕의 현장인 것이다. 이 작품의 배경에는 베르톨르 브레히트가 나치 시절 '후손들에게' 고백했던 참회의 용서의 당부가 서려 있다.

> 정말로, 나는 어두운 시대에 살고 있다!
> (중략)
> 그러나 그대들이여,
> 인간이 인간을 돕는 세상이 오거든
> 우리를 기억해다오,
> 관대한 마음으로.
>
> —베르톨르 브레히트, 「후손들에게」

그밖에 시인은 구제역 파동으로 백여 마리의 소를 도살 처분해야 했던 한 축산 농가의 비극(「고급 사료」), 하루 16시간 노동에 시달리는 인도의 아동 노동 착취 문제(「어린이 노동」), 일본 후쿠시마 원전 사고(「온다」), 리비아 무아마르 카다피 독재 정권의 몰락(「2011년 2월 24일, 리비아에선 무슨 일이 일어났는가?」) 등 국내외 사건들을 인용시로 되짚는다. 물론 이 인용시 구사 전략에는 시인의 문학관이 오롯이 투영되어 있다. 그에게 작가는 사회 '위'에서 초연하거나 사회 '밖'에서 외유하는 존재가 아니라 사회 '안'에서 살아가는 존재이다. 시인은 시대의 산물이며 작품은 시대의 반향인 것이다. 요컨대 자신을 시인이기에 앞서 사회적 책임 의식을 지닌 시민(Citoyen)이라고 규정하는 입장이 이시영 시학의 하비투스이다. 따라서 그는 시대의 구성원으로서 시대에 반응한다. 주제를 창조하는 것이 아니라 자신에게 밀려오는 주제를 반영한다. 이 반영의 진솔한 성과물이 인용시이다. 타자의 텍스트를 인유(引喻)할 때 이시영 시인은 '서정적 자아'의 미적 판단력을 잠시 보류하고 '시대적 자아'의 실천이성으로 무장한다. 인용시를 쓸 때 시인은 관조적 삶(vita contemplativa)의 수사(修士)에서 실천적 삶(vita activa)의 기사(騎士)로 임명받는다. 그에게 내려진 시대의 명령은 다음과 같다 "명령 : 시는 윤리적으로 되어야 하고 모든 윤리는 시적으로 되어야 한다."(프리드리히 슐레겔,

「1797~1798 노트」)

　인용시는 결코 시가 아니지만 분명 시이기도 하다. 인용시가 시로 존립할 수 있는 마지막 보루는 '선택'의 미학이다. 신문 기사와 텍스트는 그 자체로 시가 될 자격이 없다. 그러나 그것이 시대적 맥락과 정치적 상황과 시인의 판단이라는 복합적인 역학 관계 속에서 '예술적'으로 취사선택되면 오브제(objet)로 전환될 수 있다. 오브제란 "하나의 사물이 인간에 의해 선택되어 사용됨으로써 재구성되고 인간 활동의 보조물이 된 것"의 총칭이다. 예컨대 숲 속에 떨어져 있는 나뭇가지는 사물에 불과하지만 등산객이 그것을 지팡이로 사용하는 순간 오브제로 바뀌게 된다. "내가 그의 이름을 불러 주기 전에는/그는 다만/하나의 몸짓"에 지나지 않았지만 "내가 그의 이름을 불러 주었을 때/그는 나에게로 와서/꽃이 되었다"(김춘수, 「꽃」)는 이치와 기맥이 상통하는 것이다. 일상에서 사용되는 레디메이드(readymade) 제품도 특정한 시공간 속에서 새로운 의미를 부여받게 되면 '발견된 오브제'로 지위가 바뀐다. 다다이즘의 기수 마르셀 뒤샹(Marcel Duchamp)이 도기 제품인 남성용 소변기를 '선택'하여 그것을 거꾸로 세운 뒤, 〈샘(Fountain)〉이라는 이름을 달아 가명인 'R. Mutt'라 서명하여 출품한 것이 대표적인 실례이다. 1917년 뉴욕의 앙데팡당전(展)에 전시된 이 도발적인 설치미술 작품이 큰 물의를 일으키자 뒤샹은 이렇게 항변했다.

　　머트 씨가 자신의 손으로 〈샘〉을 제작했는가 아닌가 하
는 것은 중요하지 않다. 문제는 그가 그것을 선택했다는 것
이다. 그는 일상용품 하나를 골라서 새로이 붙여진 제목과
대상을 보는 새로운 시각에 의해, 그 실용성이 사라져버리
도록 전시했다. 그럼으로써 사물에 대한 새로운 사고방식
을 창조한 것이다.

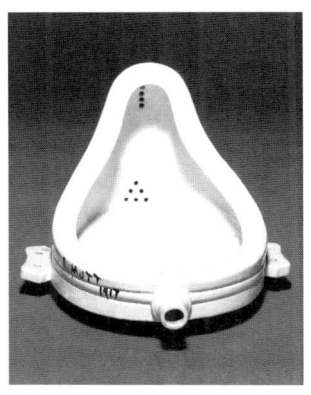

Marcel Duchamp Fountain, 1917.

　　그렇다. 이시영의 인용
시는 일종의 시적 오브제
이다. 말하자면 다다이스
트 뒤샹이 추구했던 레디
메이드 반(反)미학의 시
적 변용인 것이다. 실례
로 2008년 미국산 쇠고기
수입 반대 촛불시위 현장
에서 '다윗 유모차'가 '골
리앗 살수차'를 밀어낸
사건을 기록한 「직진」은 '레디메이드 시'의 전형이다. 시인
은 비판적 관점에서 특정 기사(이태희 기자, 『한겨레 21』,
2008. 6. 27.)를 가려 뽑아 재구성한 후 제목을 달아 다음처

럼 공시한다.

　다음은 2008년 6월 26일 새벽 광화문 새문안교회 앞 도
로 위에서 시민들을 향해 물대포를 쏘아대던 두 대의 경찰
살수차를 온몸으로 막아낸 30대 '유모차맘'에 관한 기록
이다.

　2시 10분, 여경들이 투입됐다. 뒤에서 "빨리 유모차 인도
로 빼"라는 지시가 들렸다. 여경들은 "인도로 행진하시죠.
천천히 좌회전하세요"라고 유모차와 어머니를 에워쌌다.
어머니는 동요하지 않았다. "저는 직진할 겁니다. 저는 대
한민국 국민으로, 내가 낸 세금으로 만들어진 도로 위에서
제가 원하는 방향으로 갈 자유가 있습니다." 또박또박 말했
다.

　2시 15분, 경찰 간부 한 명이 상황을 보더니 "자, 인도로
가시죠. 인도로 모시도록" 하고 지시했다. 여경들은 다시
길을 재촉했다. 어머니는 다시 외쳤다. "저는 저 살수차, 저
물대포가 가는 길로만 갈 겁니다. 왜 국민들이 낸 세금으로
국민들에게 소화제 뿌리고, 방패로 위협하고, 물 뿌립니까.
내가 낸 세금으로 왜 그럽니까." 목소리는 크지 않았지만
떨림은 없었다. 그때 옆의 한 중년 여경이 못마땅한 표정으
로 "아니, 자식을 이런 위험한 곳으로 내모는 엄마는 도대

체 뭐야"라고 말했다. 어머니는 대답했다. "저, 평범한 엄마입니다. 지금껏 가정 잘 꾸리고 살아오던 엄마입니다. 근데 왜 저를 여기서 서게 만듭니까. 저는 오로지 직진만 할 겁니다. 저 살수차가 비키면 저도 비킵니다."

2시 23분, 살수차가 조금 뒤로 빠졌다. 경찰들이 다시 "인도로 행진하십시오"라고 어머니를 압박했다. 어머니는 외쳤다. "전 저 차가 가지 않으면 하루종일 여기에서 서 있겠습니다."

2시 26분, 경찰 간부가 다시 찾아왔다. "살수차 빼고, 병력 빼." 드디어 살수차의 엔진이 굉음을 냈다. 뒤로 한참을 후진한 차는 유턴을 한 뒤 서대문 쪽으로 돌아갔다.

2시 27분, 어머니는 천천히 서대문 쪽으로 유모차를 밀기 시작했다. 경찰들이 다시 유모차를 에워싸려 했다. 뒤에서 큰 소리가 들렸다. "야, 유모차 건드리지 마. 주변에도 가지마." 경찰들은 뒤로 빠졌다. 어머니는 살수차가 사라진 서대문 쪽을 잠시 응시하다 천천히 유모차를 끌었다.

―「직진」 전문

뒤샹이 남성용 소변기를 선택하여 그것을 거꾸로 세운 뒤 '샘'이라는 현수막을 걸어줌으로써 기성의 도기 제품을 예술적 오브제로 변환시켰듯이 이시영 시인은 기존의 기사를 선택해 요령 있게 배치한 후 '직진'이라는 표찰을 붙여

줌으로써 인용문에 모종의 시적 품위를 부여한다. 여기서 '직진'은 부당한 현실의 철갑을 뚫고 나가는 시민의 건강한 저력을 상징적으로 웅변한다. "저는 오로지 직진만 할 겁니다. 저 살수차가 비키면 저도 비킵니다." 권력의 우회 명령을 돌파하는 직진의 자유의지! 이런 맥락에서 가령 '직진' 대신 '유모차맘'이란 표제를 달았다면, 이 작품은 평범한 기사 요약에 그쳤을 것이다. 사회의 불의를 향해 단도직입하는 이 유모차의 행진은 독일 음유시인 볼프 비어만(Wolf Biermann)의 「사르트르의 노래(Das Sartre-Lied)」를 연상시킨다. 이 노래는 비어만의 순수 창작물이 아니다. 1980년 신문에 기고한 장 폴 사르트르의 산문 중 일부분을—글자 하나 바꾸지 않고 그대로—운문 형식으로 행갈이 한 오브제 트루베(objet trouvé)이다.

오늘 세계는
추해 보인다
고약하고 희망 없이 보인다

그것은 그 안에서 죽을
한 늙은 남자의
고요한 절망

하지만 거기에 나는 맞선다
그리고 알고 있다
나는 희망 속에서
죽으리라는 것을. 오늘
세계는 추해 보인다

　이 작품은, 문학의 본연은 목청 높여 희망의 비전을 설득
시키는 데 있지 않고, 추하고 고약하고 고독한 절망의 세계
를 위해 존재해야 한다는 사실을 새삼 되새기게 한다. 희망
은 한없는 절망의 심연 그 끝에서 분연히 궐기할 때, 공허한
수사의 겉옷을 벗고 진실의 맨몸을 겨우 보여줄 수 있다. 이
시영의 레디메이드 인용시가 출발하는 지점은 여기이다.

Antanas Sutkus (UdSSR) aus dumont, foto 1

„Heute erscheint die Welt häßlich, schlecht und hoffnungslos. Das ist die stille Verzweiflung eines alten Mannes, der in ihr sterben wird. Doch dagegen wehre ich mich und ich weiß, daß ich in der Hoffnung sterben werde. Aber diese Hoffnung muß begründet werden. Wir müssen jetzt erklären, warum die heutige Welt - eine schreckliche - nur ein Augen-

blick ist in der langen historischen Entwicklung. Warum die Hoffnung immer eine der dominierenden Kräfte von Revolutionen und Aufständen war. Wie ich heute noch immer diese Hoffnungen als mélie Vorstellungen von Zukunft empfinde."

J.P. Sartre, 1980

신문 기사 가운데 네
모 모양으로 표시해둔
부분이 고스란히 시가
되었다. 일종의 '레디
메이드' 시작법의 전형
이다.

wit

위트는 선행하는 것과 아무런 관계없이 개별적으로,
아주 예기치 않게, 갑작스럽게 나타난다. 흡사 탈주
병처럼, 혹은 우리의 무의식에서 나오는 전광과도
같다.

−프리드리히 슐레겔, 『아테네움』

　이시영의 시에는 위트가 살아 있다. 재기 발랄하기보다
는 고도로 지적이고, 경박하지 않고 기지(機智)로 민첩하다.
언뜻 보아 이질적인 것에서 재빠르게 유사점을 찾아내는
시인의 능력이 탁발하기 때문이다. 관련 없어 보이는 사물
과 사건 사이의 내적 연관성을 신속한 예지를 간파하여 단
정하게 표현함으로써 독자에게 기쁨을 선물하는 솜씨가 남
다르다. 니체는 이상적인 위트에 관해 이렇게 말한다. "위
트. 가장 많은 위트를 가진 작가들은 거의 알아차릴 수 없
는 미소를 짓게 한다."(『인간적인 너무나 인간적인』) 위트가
촉발시키는 이 신비로운 미소는 현존재의 관계망 속에 감
추어진 즐거움에 대한 놀라움의 표시이다.

　　머리를 들고 풀숲을 가르는 배암의 착한 배처럼
　　허공을 향해 차고 오르는 새들의 무서운 첫 발자국처럼

먼 산굽이를 돌아나가는 꽃상여의 은은한 요령소리처럼

　　내 놀던 모래사장에 쓸리는 외로운 조가비의 낮은 탄식
처럼

—「범종소리」 전문

　범종은 부처님의 목소리이다. 진리의 원음(原音)인 것이
다. 이 범종소리를 비유적으로 표현하기 위해 네 가지 직유
가 병렬로 도열하고 있다. 시의 제목을 염두에 두지 않고
읽으면 좀처럼 어떤 대상을 표현하고 있는지 알 길이 묘연
하다. 하지만 오랫동안 시를 음미하면 시나브로 미소 짓게
된다. 범종소리와 네 직유 사이의 내적인 네트워크가 전광
석화처럼 구축되는 풍경이 나타나기 때문이다. 범종소리와
네 직유는 크게 세 차원에서 민첩하게 회통(會通)한다.

　첫째, 공간의 층위. 범종소리는 천지산해(天地山海)의 사
위로 울려 퍼진다. 즉 타종된 소리는 ①땅에 배를 대고 온
몸으로 움직이는 뱀처럼 대지 위로, ②하늘로 비상하는 새
처럼 창공으로, ③산굽이를 돌아나가는 꽃상여처럼 산중으
로, ④모래사장에 쓸리는 물결처럼 해안으로 전파된다. 범
종소리는 지상과 천상을 연결하고(1~2행), 죽음의 무덤
("꽃상여")과 생명의 요람("내 놀던 모래사장")을 잇는다(3~
4행).

　둘째, 음향의 차원. 범종소리는 ①뱀의 긴 꼬리처럼 여운

이 있고, ②허공을 향한 새의 도약처럼 울림이 깊어야 하며, ③작은 솔발의 소리처럼 청아하고, ④조가비의 낮은 탄식처럼 애처로워야 한다. 요컨대 범종소리는 길고 장중하게 울리면서 맑게 깔려야 한다.

셋째, 파동의 동선. 공기를 진동시키는 범종소리의 물결은 ①뱀처럼 직선으로, ②새처럼 대각선으로, ③꽃상여의 동선처럼 나선형으로, ④낮은 탄식처럼 동심원을 그리며 운동한다. 이처럼 범종소리의 파동은 전방위적이고 입체적이다.

이렇게 세 차원에서 범종소리의 동질성과 이질성이 다차원적으로 결합되고 있기 때문에 독자는 빙그레 미소를 머금을 수 있는 것이다. 이렇듯 이시영의 시가 선사하는 위트는 고도로 지적이며, 뜻밖에 받는 꽃다발처럼 즐거움을 준다. 여기 또 하나의 이시영식 위트가 있다.

> 아침 일찍부터 나오셨구나
> 광화문 교보빌딩 앞의 그 할머니
> 오늘도 바구니엔 십원짜리 하나 달랑
>
> —「어떤 부지런함」 전문

"달랑"이란 부사 '달랑' 하나로 사회적 약소자를 외면하는 우리들의 초라한 양심을 질타하고, 타자를 배려하지 못하는 우리들의 남루한 연대의식을 풍자하는 위트의 절묘함을 보라. "하나 달랑"이 표면의 언사라면 발설되지 않은 '수북이'는 이면의 참뜻이다. 이 둘 사이의 모순이 위트를 동반한 시적 아이러니를 창조한다. 또한 "어떤"이란 관형사 하나로 우리 사회의 취약한 노인복지 문제를 반성적으로 성찰하게 만드는 위트의 예리함을 보라. 부지런함은 장려해야 할 미덕이지만 이 할머니의 "어떤" 부지런함은 권장할 수 있는 없는 성실함이 아닌가. 성과를 내지 못하는 헛된 부지런함이 "어떤"이 지시하는 참뜻이다. 그래서 시인이 부지런함에 '어떤'이란 단서(丹書)를 달았다. 이시영 시의 매력이 분무되는 지점은 여기이다.

여기 절제된 위트를 통해 대지에 살포시 각인되는 세상에서 가장 가지런한 염화미소가 있다. 척박한 난민촌의 경직(硬直)과 간난 속에서 빙긋이 번지는 '아르카익 스마일(archaic smile)'!

조하르 난민촌의 한 소말리아 여성이 국제기구에서 배급받은 식량을 마소처럼 등에 가득 짊어진 채 세상에서 가장 밝은 표정으로 집으로 돌아가고 있다. 신이 만약 살아 계시다면 모래사막 위에 가지런한 저 가난한 여인의 발자욱 발자욱마다에 미소를!

―「미소를!」 전문

은총이란 결코 거대한 기적의 축복이 아니다. 예컨대 이런 남루한 푸대 속을 비추는 가을 햇볕 속에 신의 축복이 깃들어 있다.

　　가을 아침, 경비원 아저씨들이 정성껏 쓸어 담아놓은 노오란 은행잎 푸대 속에 들어가 고양이 한 마리가 새끼 여섯을 낳았다. 여리디여린 것들이 아직 눈도 뜨지 못하고 부신 햇볕에 고개를 젓고 있는 모습이 꼭 어린 하느님을 닮은 것 같다.

—「축복」 전문

humor

> 웃음은 외적 검열로부터 해방시켜줄 뿐만 아니라 무엇보다도 내적인 검열, 즉 수천 년 동안 인간에게 주입된 공포심, 가령 신성한 것, 권위적인 것, 금지, 권력 앞에서의 공포심으로부터 해방시켜준다.
>
> —미하일 바흐친, 「장편소설과 민중언어」

이시영의 시는 희비극이다. 그의 시는 종종 비극의 절정에서 희극적인 장면으로 급전환되면서 웃음을 유발시킨다. 긴장된 기대가 갑자기 무화되는 상황에서 발생하는 유머가 이시영 시의 얼굴을 밝게 만든다. 따라서 이시영의 시가 머금게 하는 웃음은 박장대소의 홍소(哄笑)도, 경멸의 냉소도, 어처구니없는 실소도, 자기 비하의 자조(自嘲)도, 교훈적인 골계와도 거리가 멀다. 이 웃음은 어떤 비장한 운명과 비극적인 상황의 중심에서 뜻밖에 발생하는 '범속한 트임(profane Erleuchtung)'의 체험과 유사하다. 낯익은 대상을 갑자기 낯설게 만드는 일종의 소외 효과의 기제이자, 기존의 견고한 가치와 규범 체계를 전도시키는 해방의 장치가 웃음의 정체이다.

> 판사가 최후진술을 하라고 하자 피고석에서 수갑을 찬 채 엉거주춤 일어난 늙수그레한 대학생 김남주가 법복을 입고 안경을 쓴 갸름한 얼굴의 판사를 정면으로 바라보며 말했다. "한마디로 좆돼부렀습니다!" 여기저기 키득거리는 웃음소리가 들리고 법정 안이 잠시 소란했다. 1973년 12월 28일 광주지법, 지하신문『고발』지 결심공판정에서의 일.
>
> —「최후진술」전문

부정한 정권에 의연히 맞서 투쟁하다가 반공법 위반 혐의로 체포된 김남주 시인을 공판하는 엄중한 법정. 이 침묵의 카르텔을 깨부수며 울리는 김남주의 혁명적 최후진술 "한마디로 좆돼부렀습니다!" 이 좌절의 일갈(一喝)이 발동시킨 "키득거리는 웃음소리". 바로 범속한 트임의 순간이다. 견고해 보이는 현실의 외피에 균열을 일으켜 아주 잠시나마 해방의 순간을 체험하도록 만드는 웃음의 힘을 보라. 비극 속에 피어나는 희극의 괴력이 아닌가. 불가역적 시간의 흐름을 돌연 정지시키는 웃음, 역사의 잘못된 진행 방향을 거스르는 섬광과 같은 웃음은 피크노랩시(picnolepsie)의 희극적 사태에 다름 아니다. 혹시 라캉이 이 희비극을 목도하는 행운을 누렸다면, 상징계의 균열을 일으키는 실재계의 틈입이 이루어지는 구체적인 현장을 보았다고 목소리를 높였을지 모른다. 미학사의 재고품 창고에 묻혀 있던 숭고의 개념을 화려하게 부활시킨 리오타르가 최후진술을 들었다면, 이 장면을 현실에 대한 부정에서 비롯된 불쾌와 그것의 긍정이 낳는 쾌의 감정이 교차되는 경계점, 달리 표현하면 숭고의 체험으로 이행되기 직전의 막막하면서도 긴장이 절정에 이른 순간으로 해석하면서 "숭고한 것은 지금이다(The sublime is now)"라고 재빨리 메모했을 것이다. 그렇다. 독재 정권 유지의 제도적 교두보인 법정을 잠시나마 웃음바다로 만들어 교란시킨 김남주의 최후진술은 자못 숭고하기까지 하다. 이렇게 보면 이 법정은 결코 반유신 투쟁 지하신문 『고발』을 제작 유포한 김남주를 징벌하는 자리가 아니었다. 반대로 한 늙수그레한 대학생 시인이 군사정권의 야만성을 웃음을 통해 고발했던 자리였다. 이것이 이 작품의 의중이다.

이러한 이시영 특유의 희비극은, 남산 중앙정보부에 끌려갔을 때 수사관들에게 "소주 한잔 주시오! 손님에게 그정도 예의는 지킬 줄 알아야지!"(「소주 한잔」)라고 떳떳하게 말하던 김지하 시인의 일화에서도 재현된다. 한편, 상주와 문상객들이 장례식장 입간판 모델 연극배우 윤문식 씨의 근엄한 표정 뒤에 잠복한 장난기 가득한 입 모양을 보고 피식 웃는 일상의 풍경(「즐거운 일!」) 속에서도 희비극적 상황이 연출되며, 한국전쟁 당시 지리산 계곡에 묻힌 파르티잔(partisan)의 유해 속에서도 구현된다.

> 오늘밤 피아골에 250밀리 폭우가 쏟아진다고 한다
> 빗점골 이쪽저쪽에 마지막 비명 지르다 묻힌 그날의 젊
> 음들
> 내일이면 무너진 계곡 아래로 쓸려나와
> 이 빠진 할아버지들처럼 흐흐 히히 웃고 있겠구나
>
> ─「해골들」 전문

망각된 역사의 비극과 생매장된 전쟁의 상흔을 일거에 무화시키는 폭우의 세례와 '죽음의 무도(danse macabre)'를 보라! 단말마의 비명이 털털 걸걸 멋쩍어 싱겁게 웃는 ("흐흐 히히") 잠소(潛笑)로 전환되는 피아골, 이 희비극의

무대에서 개시되는 일소일소(一笑一少)의 범속한 트임을 보라!

human

> 배려 : 타인에 대한 이해를 가장 은은하게 나타내는
> 자세
>
> —김소연, 『마음사전』

이시영의 시는 세심하다. 타자에 대한 따뜻한 이해와 후려(厚慮)로 은은하게 감동적이다. 부러 감동을 창출하기 위해 극적인 상황을 설정하거나 눈물 젖은 과장된 수사를 동원하는 법이 없다. 자연의 풍광이나 평범한 일상에서 가장 아름다운 배려의 윤리를 가장 소박한 언어로 담아낸다. 이시영의 시가 인간적일 수밖에 없는 이유이다.

> 지상에서의 울음을 다 운 매미가 앞발과 가슴을 나무에
> 꽉 붙인 채 순명(順命)하고 있다. 나는 날개 달린 그것의 몸
> 통을 떼어내 자연 속에 가만히 놓아주었다.
>
> —「자연 속에」 전문

머리를 풀어헤친 채 장바구니를 들고 국민은행으로 쏘옥

들어가는 노향림씨를 보았다. 시인 노향림도 아니고 주부 노향림도 아닌, 그 무엇으로 자신을 꾸미지 않은 천연의 노향림씨를. 눈을 발끝에만 집중한 채 그는 아무것도, 심지어 지금 자기 자신이 어디에 있는지조차 전혀 의식하지 않는 것 같았다. 은행 밖에서 치기배처럼 삐딱하게 서서 저 순수 자연을 기다려볼까 하다가 그냥 기분이 우쭐해져서 발걸음도 가벼웁게 집으로 돌아오고 말았다.

ㅡ「한 동네 사는 여자」 전문

한여름 무더위를 뜨겁게 달구는 맹렬한 울음소리로 자신의 전 존재를 증명하다가 미련 없이 생을 버린 매미의 주검 앞에 시인은 겸허하다. 그래서 시인은 나무에 붙은 매미의 시신을 조심스럽게 자연 속에 안치한다. 자연의 순리를 거스르지 않으려는 매미의 '순한 죽음'을 존중해주기 위함이다. "가만히" 놓아주는 시인의 세심한 손길에서 타인에 대한 가장 은은한 배려가 실천되고 있는 것이다. "가만히"라는 부사에는 이시영 시의 휴머니즘이 검소하게 배어 있을 뿐만 아니라 시인의 내면에서 암약하는 자만한 항명(抗命)의 욕망에 대한 시인의 자성도 으밀아밀 서려 있다.

자연 속에서 뭇 생명에 대한 배려를 몸소 실천하고 인간의 유한성(죽음)에 대해 통찰한다면, 동네 거리에서는 주변 사람의 행동과 입장에 세밀한 주의을 기울인다. 시인은 거리에서 우연히 동료 시인 노향림씨를 보지만 아는 체를 하지 않는다. 시인도 가정주부도 아닌 그야말로 무언가를 골똘히 생각하는 사람, 비유하자면 "천연의 노향림씨"가 내뿜는 실존의 아우라를 깨지 않기 위해 노향림씨와 맞닥뜨리는 상황을 부러 만들지 않기로 결정한 것이다. 만일 시인이 반가운 마음에 노향림씨가 은행 밖에서 나오길 잠시 기다렸다가 인사를 했다면, 역으로 말하면 노향림씨가 뜻하지 않게 일상의 공간에서 시인 이시영의 얼굴을 대면하는 순간, 노향림씨는 "순수자연"에서 이시영의 동료 시인이자 잠깐 장보러 외출한 주부("머리를 풀어헤친 채 장바구니를 들고")로 되돌아 올 수밖에 없다. 여기서 시인은 아주 잠깐 이러한 냉엄한 현실 자각의 상황을 즐겨볼까 짓궂은 생각을 하다가("치기배처럼 삐딱하게 서서 기다려볼까 하다가") 노향림씨를 순수자연 인간으로 계속 남아 있을 수 있도록 집으로 발걸음을 돌린다. 타자의 입장에서 생각하고 배려하는 역지사지의 인간 존중을 일상에 실천한 시인의 마음은 흐뭇하고("우쭐해져서") 발걸음은 가뿐하다("가벼웁게"). 타인에 대한 이해를 가장 은은하게 표현하는 '배려의 시인' 이시영의 역할 모델은 '고요 시인'이다. 세상의 구석구석을 세세히 톺는 가슴 따뜻한 휴먼 교사는 시인의 동경의 분신(alter ego)이다.

고요 시인의 고요 시집을 읽다가 무릎에 내려놓고 가만
히 생각해본다. 시 좀 쓴다고 뻐기지도 말고 으스대지도 말
고 무엇보다도 잰 체하지도 말며, 마음은 늘 꽃샘추위 속을
달려 산과 내를 건너오느라 발그레해진 봄의 소년처럼 양
볼이 따스해져서 이 세상의 모든 구석구석을 교실처럼 사
랑해야지.

—「고요 시인」 전문

끝으로 시인의 이러한 따뜻한 애정 속에 은은한 사람 냄
새와 해학이 깃든 인물 시편을 일별해보자. 가장 낮은 곳에
서 가장 소박한 삶을 온몸으로 실천한 아동문학가 권정생
(「권정생 선생님」), 아침에 집을 나갈 때마다 아내에게 "소년
처럼 한쪽 눈을 찡긋했다"는 문익환 목사(「조사받다가 남산
수사관들에게서 우연히 들은 말」), 강의실 대신 학교 앞 선술
집에서 오장환과 이용악 시인의 이야기로 시론을 펼치던
은사 서정주 시인(「시론」), "덩치 큰 소년의 그림자"에 환생
한 힘찬 언어로 폭압적 현실에 저항했던 죽형(竹兄) 고 조태
일 시인(「소년 조태일」), 외무부 취직자리를 제안하던 파블
로 네루다에게 "여기 마드리드 근처에서 염소나 치게 해달
라!"고 말하는 스페인 농민 시인 미구엘 에르난데스(「에르
난데스」) 등을 묘파한 인물 시편은 한 개인의 자전을 넘어
지난 시대에 대한 생생한 증언으로도 아름답다.

melancholy

> 나는 멜랑콜리를 옹호한다. 진보 속의 정지(靜止)를
> 알고 존중하는 사람만이, 한 번, 아니 여러 번 좌절
> 해 본 사람만이, 텅 빈 달팽이의 집에 앉아보고, 유
> 토피아의 그늘 속에서 살아본 사람만이 진보를 가늠
> 할 수 있다.
>
> —귄터 그라스, 『달팽이의 일기』

이시영의 시는 멜랑콜리하다. 살아온 생에 대한 한없는 회의, 주체적인 삶에 대한 갈망과 그렇게 살지 못한 원망의 그림자가 짙게 드리워져 있다. 말하자면 자기 정체성에 대한 의문과 존재의 이유에 판단 보류에서 비롯된 '이유 없는' 슬픔이 차곡차곡 쌓여 발효되는 수심(愁心)으로 자욱하다. 재빨리 둔주하는 시간을 붙잡지 못한 공허함과 자신의 운명과 제대로 맞붙어보지 못했다는 자책감은 길을 가던 시인을 멈춰 세운다. 약관의 나이에 등단하여 어느덧 이순을 넘긴 시인을 호출해 이렇게 자문하게 만든다.

누군가 내 생을 다 살아버렸다는 느낌! 그런데 그 누군가는 누구이며, 과연 나에게 생 같은 것이 있기는 있었을까? 잘 구르지 않는 수레에 시커먼 연탄 같은 것을 싣고 가

파른 언덕길을 죽어라 밀고 왔다는 느낌뿐. 그런데 코밑에
연탄가루 잔뜩 묻은 그것을 생이라 부를 수 있을까? (……)
시간은 때로 뱀처럼 미끄럽게 손아귀를 빠져 달아났고 운
명은 늘 제 얼굴을 가린 채 차갑게 나를 스치고 갔을 뿐 한
번도 제 모습을 똑바로 보여준 적이 없지. 그리고 갑자기
생각난 듯 이렇게 싸락눈 내리는, 그친 길 위에 문득 나를
멈춰세워 날카로운 질문만 던질 뿐. 과연 내가 살기는 살았
을까? 아니, 생을 제대로 살고 있기는 있을까?

—「싸락눈 내리는 저녁」 부분

　싸락눈 내리는 골목의 우울! 멜랑콜리의 정조를 형상화
하기 위한 시인의 공간 설정이 꼼꼼하다. 시인은 대지를 하
얗게 뒤덮는 포근한 함박눈을 맞고 있지 않다. 퇴근하는 골
목길 어귀에서 빗방울이 갑자기 찬바람을 만나 얼어 떨어
지는 쌀알 같은 눈을 맞고 있다. 그래서 시인의 처지는 만
목처량(滿目凄凉)하다. 그리고 흑백의 침울! "잘 구르지 않
는 수레에 시커먼 연탄 같은 것을 싣고 가파른 언덕길을 죽
어라 밀고 왔다는 느낌"으로 고민에 빠진 시인은 자신의 생
을 코밑에 잔뜩 묻은 "연탄가루"에 비유한다. 순백의 눈과
강하게 대비되는 시꺼먼 연탄가루는 생활의 무게에 짓눌린
실존의 비애와 우울을 더욱 남루하게 만드는 시적 기제이
다. 한편 장대비를 맞을 때 시인의 우울은 회한으로 축축해

진다.

> 강한 거센 빗줄기 사이로 어떤 뼈아픈 후회가 달려오누나
> 그때 내가 그 앞에서 조금 더 겸허했더라면
>
> ―「생(生)」 전문

　이 시를 통해 확인할 수 있는 중요한 사실이 있다. 이시영의 멜랑콜리는 허무주의적 권태와 자기 방기(放棄)의 곤비(困憊)에 뿌리박고 있다기보다는 "한평생 시의 외길만을 걸어온 한 진지한 인간이 역사의 정당성에 대해 던지는, 생을 건 질문"(염무웅)에 필연적으로 동반되는 무거운 정조에 다름 아니라는 것이다. 한국 현대사의 질곡을 온몸으로 통과하며 부침을 겪은 시인은 역사의 숙명적 순환 앞에서 막막한 체념으로 우울해하지만, 그럼에도 불구하고 패배주의적 감상에 함몰되지 않고 삶의 가능성을 진지하게 암중모색한다. "인생이 무엇인지를, 다른 삶이 아닌 바로 나 자신의 삶을 어떻게 살아야 할지를"(「행복도시」) 골몰하는 것이다. 생채기 난 과거에 대한 불만과 고통을 성토하는 것이 아니라, 불편한 과거의 중심으로 자신을 호출하는 겸허한 자세에는 바람직한 삶(사회)에 대한 윤리적 고민이 음각되어 있다. 유토피아적 목표 설정과 발전을 회의하면서도 동시에 염세주의적 세계관에 빠지지 않고 달팽이의 행보처럼

느리게 진행되는 역사의 진보를 믿는 시인의 태도는 「저녁의 몽상」의 근저를 떠받치고 있다.

> 사는 것이 사는 것 같지 않고 으스스 몸이 시릴 때, 아니
> 내 삶이 내 삶으로 도저히 용납되지 않을 때, 그것이 또한
> 오로지 남의 탓이 아닐 때 등을 돌리고 서면 거기 안서호의
> 황혼녘에 오리들이 몇 유쾌한 직선을 그으며 나아가고 있
> 었나니, 나 425호는 남의 연구실 유리창에 이마를 갖다대
> 고 그것들의 한없이 자유로운 유영을 지켜보곤 하였으나
> 내가 저 오리가 되기엔 너무 늦었거나 조금 일렀으며, 생은
> 어디에 기댈 데도 없이 저처럼 뭉툭한 머리를 내밀고 또 물
> 밑에선 죽어라고 갈퀴질을 해대며 쌩까라고 저 홀로 갈 데
> 까지 가보는 것이라고 다짐하곤 했는데, 그때쯤이면 해가
> 풍덩 가라앉은 저녁 안서호의 따스한 물결이 내 가슴 통증
> 께로 조금씩 밀려오곤 해 나는 서둘러 텅 빈 가방을 챙겨
> 의대에서 오는 여섯시 막차 퇴근버스를 타러 언덕길을 총
> 총히 내려가곤 했다.
>
> —「저녁의 몽상」 전문

경험 공간과 기대 지평의 차이가 잉태한 정신 상태가 우울이라면, 현실과 이상 사이의 메울 수 없는 간극이 발효시킨 감성의 분비물이 멜랑콜리라면, 필경 우울 속에도 바람

직한 삶에 대한 윤리적 사색과 실천의 흔적이 남아 있기 마련이다. 그렇다면 이 시에 장전된 '한 줌의 도덕(minima moralia)'은 무엇인가? 남의 연구실을 빌려 사용하는 시인의 처지가 엄연한 '현실'이라면, 자신의 삶에 대한 한 자책과 회의("내 삶이 내 삶으로 도저히 용납되지 않을 때, 그것이 또한 오로지 남의 탓이 아닐 때")가 '경험 공간'이다. 이와 비견해 탁 트인 안서호 위를 "유쾌한 직선을 그으며 나아가"는 오리들의 "한없이 자유로운 유영"은 시인은 '이상'이 투영된 심리적 대안이라면, "물밑에서 죽어라고 갈퀴질을 해대는" 오리들의 역투(力鬪)는 시인의 보다 나은 삶에 대한 시인의 '기대 지평'이 투사된 희망의 단초이다. 현실(경험 공간)과 이상(기대 지평)의 세계가 길항하는 경계에서 시인은 '깊은 상념(Tiefsinn)'에 빠진다. 여기에 덧붙여, 죽음을 향한 존재라는 뼈저린 각성("너무 늙었거나 조금 일렀으며")과 다시 북돋는 생의 의지("갈 데까지 가보는 것")에 대한 다짐 사이에서 시인의 멜랑콜리하다.

그러나 시인은 우울의 골방으로 침잠하지 않고 세상 밖으로 나간다. "안서호의 따스한 물결"(희망)이 "내 가슴의 통증께로 조금씩 밀려"오는 일말의 구원의 가능성을 감지했기 때문이다. 시인이 서둘러 "텅 빈 가방"(공허한 좌절감)을 들고 "막차 퇴근버스"(희망버스)를 타려고 방을 나서는 이유는 여기에 있다. 삶의 중심으로 자신을 운송해줄 버스

를 놓치지 않으려고 "총총히" 내려가는 시인은 모습에서 무
상한 삶을 살았고, 지금도 살고 있지만 '그럼에도 불구하
고' 생의 의지를 곧추세우는 '역동적인 멜랑콜리'의 윤리학
이 읽힌다. 절망과 희망의 변증법적 역장(力場)에서 분출되
는 생을 향한 우울한 열정은 시인이 연대의 벗들과 함께 걷
던 강변길에 핀 "가녀린 풀꽃들"에서도 발견된다.

　마포대교 아래 '삼개나루터' 표지석이 있는 곳에서부터
서강대교까지, 바람이 불면 황사 자욱이 날리는 그 강변길
을 우린 좋아했지. 어떤 날은 셋이서, 또 어떤 날은 둘이서
걷던, 자갈돌 튀어오르고 다듬어지지 않은 맨바닥길. 간혹
밤섬에서 헤엄쳐온 흰뺨검둥오리들이 우리를 향해 끼룩거
리며 말을 걸어오곤 하였으니 그리 쓸쓸했다고만 할 수 없
던 점심 후 산책길. 오랜만에 그곳엘 가보니 한강공원이 들
어서고 우리 걷던 길은 자전거들이 노란 중앙선을 따라 질
주하는 전용도로가 되어 있었어. 물론 그 옆으로 걷는 사람
들을 위한 길이 따로 놓여 있기는 하였으나.
　밤섬엔 '생태 · 경관보전구역'이란 펼침막이 쳐지고 사람
들의 접근을 막고 있더군. 그제나 이제나 오리들은 여전히
줄을 그으며 날아오르고 혹은 지는 해를 향해 환호작약하
다가 날개를 털며 침울하게 잠수하더군. 자네들 중 한 사람
은 장자(莊子)처럼 짙은 수염을 기르고 양평으로, 또 한 사

람은 아동문학 교수가 되어 순천으로 갔지만 우리 답답하
고 어려운 시절, 가슴에 무수한 사연들을 묻으며 타박타박
걷던 이 강변길을 잊지 않기 바래. 사는 것이 적막하고 또
고독하지만 우리 가슴속에 쉼없이 흐르는 저 강이 있어 고
요가 무엇인지 알게 되었고, 그 고요를 가르며 나는 고니의
발이 공중에서 오므라지는 선홍빛 가을, 가슴 가득한 환회
의 순간도 맛보았지. 이제 곧 4월이 오네. 우리들 마음의 길
이 된 그곳에도 가녀린 풀꽃들이 피어 자신을 바위처럼 단
련하겠지. 그때 우리가 바람 속에서 그러했던 것처럼.

— 「마음의 길」 전문

　시인의 '마음의 길'에 핀 풀꽃. "답답하고 어려운 시절"의
산책길 유토피아의 그늘에 핀 풀꽃. 설핏 보면 나약해 보이
지만 시대의 풍파를 온몸으로 견뎌내면서 바위처럼 단단해
진 이 풀꽃은 '이시영 멜랑콜리'의 화신이다. 꿈꾸기를 단
념할 수 없는 '슬픈 사람'의 검은 담낭(膽囊)에서 피어나는
멜랑콜리의 푸른 꽃. 이시영 시가 자아내는 멜랑콜리는 일
차원적인 슬픔이나 우울증과는 거리가 멀다. 어둠과 빛, 절
망과 희망 사이에 존재하는 박명(薄明)과 같은 역설의 점이
지대가 이시영 멜랑콜리의 배지(胚地)이다. "지성의 비관주
의와 행동의 낙관주의. 희망과 절망 사이의 모순을 간직하
라." 이탈리아 사상가 안토니오 그람시의 전언은 이시영 멜

랑콜리의 본질과 상통한다.

슬픔이 쌓여 골똘해지면(슬픔이 애도의 절차를 통해 승화되지 않고 마음속에 가지런히 저축되면), 멜랑콜리로 진화하고, 이 멜랑콜리가 담금질되면(우울증의 심연으로 추락하지 않고 현실을 견디면), "넓고 푸른 바다의 어금니를 꽉 문 채 끝끝내 입을 열지 않는"(「홍합」) 근성으로도 전화되고, 육순에 접어든 시인의 삶을 다시 약동시키는 "야차같이 아귀 센 힘"(「이순의 아침」)의 동경으로도 전이되며, 바다 수사자의 포효로도 메아리친다. 그래서일까. 이 시집의 대미를 장식하는 시는 우울하게 힘차다!

밀물을 몰고 달려오는 저녁 바다는 아름답다
간혹 그 속에서 바다 수사자 한 마리가 태어나
검은 하늘을 향해 갈기를 날리며 울부짖기도 한다
  ―「힘차다!」 전문

꿈 없는 현실("검은 하늘")을 향해 꿈을 포기할 수 없는 단독자의 비장(脾臟)("저녁 바다")에서 궐기하는 저항의 멜랑콜리! 이 역동적 멜랑콜리가 바다 수사자의 정체이다.(이 작품은 3행시이다. 테르차 리마의 각운법을 완벽하게 따르고 있다. 물론 핵심 키워드인 힘찬 수사자는 2행에 있다.)

octagon

세례당이 팔각형 형태를 띠게 된 것은 기독교인들에게 8이라는 숫자가 부활 또는 재생을 상징하기 때문이다. 세례당 내부에도 세례식때 사용하는 물을 담아두는 팔각형 수반이 있는데, 8이라는 숫자의 상징성 때문에 이를 생명수라고 부른다.

—박성은, 「플랑드르 사실주의 회화」

이시영의 시세계는 팔각형과 흡사하다. 팔각형은 멀리서 보면 원형 같고, 언뜻 보면 사각형 같다. 그래서 자고이래 팔각형은 원(圓)과 방(方)을 조율하는 도형으로 사용되었다. 고대사회의 우주관을 압축하는 천원지방설(天圓地方說, 하늘은 둥글고 땅은 모나다)과 역학(易學)에서 자연계와 인간계의 본질을 인식하고 설명하는 기호 체계인 팔괘(八卦, bagua)를 기하학적으로 구현하는 도형이 팔각형이 연유는 여기에 있다. 그렇다면 이시영의 시가 구축하는 포에티카 옥타곤(Poetica Octagon)의 특징은 무엇인가?

첫째, 형식과 내용의 통섭. 팔각형의 상단을 구성하는 네 정점(頂點)[①2행시, ②3행시, ③발라드, ④인용시]은 시의 장르라면, 하단을 구성하는 네 꼭짓점[⑤위트, ⑥유머, ⑦인간미, ⑧멜랑콜리]은 시의 콘텐츠이다. 이 두 영역이 혼

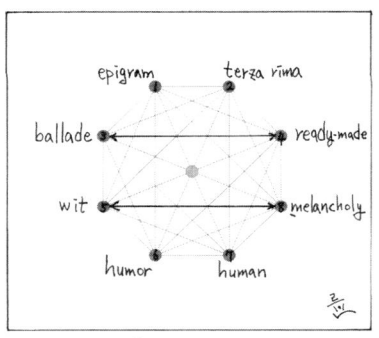

이시영 Poetica Octagon

연일체로 상호 소통하면서 팔각형의 구조적 완결성이 확보된다. 비유하자면 내용과 형식의 긴밀한 변증법이 이시영 시의 영토에 우아한 팔각정을 축조한 것이다. 그의 시가 고전주의의 기품을 유지할 수 있는 이유는 여기에 있다. "고귀한 단순성, 고요한 위대성!" 고전주의를 웅변하는 독일 고고학자 빙켈만의 이 표어는 '이시영 포에티카 옥타곤'의 모토로 손색없다.

　둘째, 상호 대립의 긴장. ③발라드와 ④레디메이드는 팔각형의 상단부에서 서로 가장 멀리 떨어져 마주본다. 서사, 서정, 극이라는 문학의 세 장르의 창조적 모태인 발라드와 기존의 텍스트를 취사선택한 반(反)문학적 오브제인 인용시는 서로 대치하면서 이시영 시세계에 예술적 긴장감을 조성한다. 또한 ⑤위트와 ⑧멜랑콜리는 하단부에서 거리를 두고 대립한다. 고도로 지적인 기지인 위트와 가장 감성적인 마음인 멜랑콜리 사이의 낯선 거리 두기는 이시영의 시 세계에 소외 효과를 창출한다. 이처럼 이상적인 고전주의와 실험적인 다다이즘이 견아상치(犬牙相置)하고, 합리적 이성과 예민한 감수성이 길항함으로서 '이시영 포에티카 옥타곤'의 팔각 요새는 내적 역동성의 활력으로 조밀하게 탄탄해진다.

셋째, 인접성. 팔각형 상단부의 윗변을 이루는 두 점, 즉 ①2행시 ②3행시는 이시영 시련(詩聯)의 핵자(核子)로서 인접해 있다면, 하단부의 밑변을 이루는 두 점, 즉 ⑥유머와 ⑦인간미는 이시영 시의 미학적 토대를 이루는 친우(親友)이다. 이시영 시인이 가장 선호하는 시형식이 2행시와 3행시라면, 그의 시세계의 저변에서 시상(詩想)을 구동하는 두 축은 해방의 웃음과 연대의 윤리인 것이다. 이처럼 이시영의 시는 가장 단순하면서 가장 인간적이다.

이시영의 포에티카 옥타곤을 곰곰이 들여다보고 있자니, 자꾸 보면 볼수록 시나브로 합천 영암사터 쌍사자석등이 떠오른다. 문화재청 문화유산 정보를 요약하자면, 영암사터에 세워진 통일신라 시대의 이 석등은 불을 밝혀두는 화사석(火舍石)을 중심으로 하여, 아래로는 이를 받치기 위한 3단의 받침을 두고, 위로는 지붕돌을 얹은 구조를 가지고 있다. 이 석등은 사자를 배치한 가운데 받침돌을 제외한 각

부분이 모두 통일신라 시
대의 기본 형태인 팔각으
로 이루어져 있다. 아래
받침돌에는 연꽃 모양이
조각되었고 그 위로 사자
두 마리가 가슴을 맞대고
서 있다. 사자의 뒷발은
아래 받침돌을 딛고 있으
며, 앞발은 들어서 윗 받
침돌을 받들었다. 그리고
지붕돌은 팔각으로 얇고

합천 영암사지 쌍사자석등, 보물 제
353호(문화재청 문화유산정보 정보 사진)

평평하며, 여덟 곳의 귀퉁이마다 자그마한 꽃 조각이 솟아
있다. 보은 법주사 쌍사자석등과 견줄 수 있는 걸작으로 보
물 제353호로 지정되어 있다. 유홍준은 이 석등의 아름다
움과 가치를 이렇게 부각시킨다.

　　영암사터가 폐사지면서 화려한 환상의 나라 유적지라는
　　느낌을 주는 것은 다름아닌 쌍사자석등이 있기 때문이다.
　　병풍처럼 둘러선 황매산을 향해 우뚝 서 있는 이 쌍사자석
　　등은 폐허가 되어 모든 것이 사라진 폐사의 잃어버린 가치
　　를 남김없이 복원해준다. 쌍사자석등은 영암사터의 중심이
　　고 핵이고 꽃이다. 그자체로도 아름답지만 놓인 위치가 이

유물을 더욱 빛나게 한다. 앞으로 돌출해나온 사람 키보다 훨씬 높은 석축 위에서 마치 호령하는 사령관처럼, 또는 교향악단의 지휘자처럼 홀로 우뚝한 것이다. 영암사터 쌍사자석등은 두 마리의 사자가 가슴의 앞발을 맞대고 화사석을 받친 모양으로, 사자들의 뒷다리에 한껏 힘이 모여 있다. 그만큼 역동적인데, 발돋움을 하느라 슬쩍 올라간 사자의 궁둥이가 귀엽기 짝이 없다. 그런 중 쌍사자의 뒷다리와 앞발 사이를 공허공간(空虛空間)으로 깎아낸 것은 조각적으로 대성공이었다.

　　　　　　　　　　　　　　　　　—『나의 문화유산답사기 6』, 308~309쪽.

　사자와 받침돌을 제외하고 팔각형으로 이루어진 석탑의 외형과 팔각지붕의 옥개석(屋蓋石)에서 '이시영 포에티카 옥타곤'과의 구조적 유사성이 발견된다. 폐사에 우뚝 선 팔각석등의 고독에서 '여기 지금' 절망과 환멸의 땅을 딛고 선 시인의 실존적 고민이 감지된다. 때론 한국작가회의를 이끄는 "사령관"으로서, 때론 파편처럼 흩어진 시재(詩材)를 모아 서정적 운율에 실어내는 "지휘자"로서 자기 정체성을 모색하는 시인의 고투가 석등에 돋을새김된 것이다. 주변 경관을 자신의 풍경으로 포섭하는 석등의 차경(借景)의 미학에서 시인 본연의 서정의 미학이 발화된다. 하대석(下臺石) 위로 뻗은 사자의 뒷다리는 현실의 불편한 진실과 정면 대결하는 저항의 파토스로 강건하다면, 팔각의 위 받침돌을 받들고 있는 앞다리는 세계와 인간에 대한 배려의 인간미로 다정하다. 귀여운 사자의 궁둥이에서는 이시영 특유의 위트와 유머가 느껴진다. 그리고 뒷다리와 앞발 사이의 공허 공간은 시어와 시행의 절제와 압축으로 조탁된 2·3행 단시의 여백의 미학을 상징하는 공간으로 읽힌다.

요컨대 '이시영 포에티카 옥타곤'은 통일신라 시대 쌍사자석등의 21세기 문학적 변형 양식이다. 우리 시대의 가장 솜씨 좋은 언어의 석장(石匠)이 조전(彫鐫)한 팔각석등이 '이시영 포에티카 옥타곤'의 실체인 것이다. 이 팔각석등에 점화된 작은 불빛으로 "감추어진 세계의 진실"이 속속들이 드러내고, "시적인 것의 발현"(「시인의 말」)이 아름답게 지속되길 두 손 모아 빈다. 여기 정치와 미학, 참여와 서정의 혼융(混融)이 내뿜는, 세상에서 가장 작지만 숭고한 등대의 빛이 있다. 칼바람 부는 풍전등화의 현실 속에서 절대 꺼지지 않을 '한 줌의 빛(minima luce)'!

사위가 잠든 밤, 한 점 등불이 희미하게 켜지기 시작하면
서 새벽이면 집 떠날 도시노동자 하싼의 푹 꺼진 무릎 뼈를
쓰다듬고 있는 아내 세미나의 손길을 오래오래 비춰주었다.
—「빛」 전문, 『우리의 죽은 자들의 위해』

2부

박재삼문학상 우수후보작

강은교
네가 떠난 후에
너를 얻었다

■

1945년 함남 홍원 출생. 1968년 『사상계』로 등단. 시집 『허무집』, 『풀잎』, 『빈자일기』, 『소리집』, 『어느 별 위에서의 하루』, 『오늘도 너를 기다린다』, 『벽 속의 편지』, 『네가 떠난 후에 너를 얻었다』 등, 시산문집 『젊은 시인에게 보내는 편지』, 『무명시인에게 보내는 편지』, 『시에 전화하기』, 산문집 『추억제』, 『허무수첩』, 『사랑법』 등. 한국문학작가상, 현대문학상, 정지용문학상, 유심작품상 등 수상.

가족

　그날, 그 젊은 여자는 무덤 위에 걸터앉아 둥근 젖통을
꺼냈다.
　푸른 심줄이 군데군데 박혀 있는 둥근 그것.
　지구의 같은 것
　아기가 영롱한 종처럼 지구의에 매달렸다.
　종추가 종벽에 부딪쳐
　눈부시게 동그랗게 오물거렸다.

그 집

그 집은 아마 우리를 기억하지 못하겠지
신혼 시절 제일 처음 얻었던 언덕빼기 집
빛을 찾아 우리는 기어오르곤 했어

손에는 무거운 가방을 들고
나는 두드렸어
그러면 문은 대답하곤 했지
삐걱 삐걱 삐걱
세상에서 가장 빛나는 빛이 거기서 솟아나고 있었어
씽크대 위엔 미처 씻어주지 못한 그릇들이 쌓여 있었지만

그 창문도 아마 우리를 기억하지 못할 거야.
싸구려 커튼이 밤낮 출렁거리던 그 집
자기들이 얼마나 멀리 아랫동네를 바라보았는지를
그 자물쇠도 우리를 기억하지 못할 거야
자기들이 얼마나 단단히 사랑을 잠글 수 있었는가를
그 못자국도 우리를 기억하지 못할 거야

자기들이 얼마나 무거운 삶의 옷가지들을 거기 걸었었는
지를
어느 날 못의 팔은 부러지고 말았었지

새벽은 천천히 오곤 했어
그러나 가장 따뜻한 등불을 들고
그대를 기다리곤 하던 그 나무계단을 잊을 순 없어
가장 깊이 숨어 빛을 뿜던 그 어둠을 잊을 순 없어

아, 그 벽도 우리를 기억하지 못하겠지
저녁이면 기대앉아 커피를 들던
그 따스한 벽
순간도 영원인 환상의 거미 날아오르던 곳
자기가 얼마나 튼튼했는지를
사랑의 잠 같았는지를

아무도 몰래

이런 날에는 아무도 몰래 그 떨림을 만지고 싶네
빛을 향하여 오르는 따뜻한 그 상승의 감촉
이런 날에는 아무도 몰래 그 떨림의 문을 열어보고 싶네

문안에 피어 있을 붉은 볼 파르르 떠는 파초의 떨림
이런 날에는 아무도 몰래 그 떨림에 별똥별 하나 던져넣
고 싶네.
닿을 듯 닿지 않는 그 추락의 별똥별을, 추락의 상승이라
든가 추락의 불멸을

이런 날에는 아무도 몰래 떨리는 추락의 눈썹에 빗방울
하나 매달고 싶네.
그 빗방울 스러질 무렵이면
돌아오는 귀이고 싶네.

오이

오이에 내리던 비였으면

오이에 내리던 비의 눈부신 혀였으면

그렇게 그렇게

사랑할 줄 알았었으면

오이를 감싸안는다, 둥근 빗방울 하나

운조

운조가 걸어간다/ 운조가 걸어간다/ 푸른 지평선
황토치마 벌리고/ 한 모랭이 지나 화살표 사이로/
두 모랭이 지나 화살표 사이로/ 운조가 걸어간다/
마음 떨며 운조가 걸어간다

네가 떠난 후에
너를 얻었다
지붕들은 떨림을 멈추고
어둠에 익숙한 하늘은
밥풀 같은 별 몇 개 입술에 묻혔다

심장을 늘이고 있는 빨랫줄들
비스듬히 눈물짓고 있는 나무들
동그란 눈 치켜뜨고 있는 창문들

작은 집들은 타달타달 달리고
담벼락의 두 팔은 지나가는 풍경들을 부끄럽게 부끄럽게
안았다, 비애는 타달거리는 작은 의자

저 집속으로 나는 들어가야 하리
어둠을 몸에 잔뜩 칠하고
야단맞은 아이처럼 떨며 서 있는
비애를 안아주어야 하리

물안개들도 일찍 눈 뜬 날
네가 떠난 후에
너를 얻은 날

　　운조가 걸어간다/ 운조가 걸어간다/ 푸른 지평선
　　황토치마 벌리고/ 한 모랭이 지나 화살표 사이로/
　　두 모랭이 지나 화살표 사이로/ 운조가 걸어간다/
　　마음 떨며 운조가 걸어간다

희명

희명아, 오늘 저녁엔 우리 함께 기도하자
너는 다섯 살 아들을 위해
아들의 감은 눈을 위해
나는 보지 않기 위해
산 넘어 멀어져 간 이의 등을 더 이상 바라보지 않기 위해
워어이 워어이
나뭇잎마다 기도문을 써붙이고
희명아 저 노을 앞에서 우리 함께 기도하자
종잇장 같아지는 흰 별들이 떴다
우리의 기도문을 실어갈 바람도 부는구나
세월의 눈썹처럼 서걱서걱 흩날리는 그 마당의 나뭇잎소리
희명아, 오늘 밤엔 우리 함께 기도하자
나뭇잎마다 기도문을 써붙이자
워어이 워어이
서걱서걱 흩날리는 그 마당의 나뭇잎 소리

이홍섭
터미널

1965년 강릉 출생. 1990년 『현대시세계』로 등단. 시집 『강릉, 프라하, 함흥』, 『숨결』, 『가도가도 서쪽인 당신』, 『터미널』. 시와시학 젊은 시인상, 시인시각 작품상, 현대불교문학상 수상.

주인

아이가
힘겹게 뒤집기를 시작하면서
이 철없는 세상을 용서하기로 했다

마흔 넘어 찾아온 아이가
외로 자기 시작하면서
이 외로운 세상을 용서하기로 했다

바람에 뒤집히는 감잎 한 장
엉덩이를 치켜들고 전진하는 애벌레 한 마리도
여기 이 세상의 어여쁜 주인이시다

힘겹고, 외로워도
가야 하는 세상이 저기에 있다

벌초

벌초라는 말 참 이상한 말입디다. 글쎄 부랑무식한 제가 몇 년 만에 고향에 돌아와 큰집 조카들을 데리고 벌초를 하는데, 이 벌초라는 말이 자꾸만 벌받는 초입이라는 생각이 드는 거예요, 내 원 참 부모님 살아 계실 때 무던히 속을 썩여드리긴 했지만…… 조카들이 신식 예초기를 가져왔지만 저는 끝까지 낫으로 벌초를 했어요. 낫으로 해야 부모님하고 좀더 가까이 있는 느낌이 들고, 뭐 살아 계실 적에는 서로 나누지 않던 얘기도 주고받게 되고, 허리도 더 잘 굽혀지고…… 앞으로 산소가 없어지면 벌받을 곳도 없어질 것 같네요, 벌받는 초입이 없어지는데 더 말해 무엇 하겠어요, 안 그래요, 형님.

자장가

늙으신 어머니
손주를 들쳐 업고 자장가를 부르시네
강물이 흘러흘러 바다로 가네

곱게 잠든 아이의 양 손에는
맑고 이쁜 조약돌
조약돌이 흘러흘러 바다로 가네

포대기에 다 담지 못할
저 많은 숨결과 노래들

노래들이 흘러흘러 바다로 가네

청단풍 아래

나는 불행하다
이 말을 하려고 여기까지 왔다

앞산은 온통 붉게 물드는데
나는 여전히 푸르고

사랑하는 사람은 앞을 지나가지만
나를 알아보지 못한다

내 붉은 가슴을 열어 보인들
당신이 나를 알아볼 수 있을까

스스로 문을 연다는 정선 자개골, 그 골짜기
끝에 서 있는 청단풍 한 그루

나는 불행하다
이 말을 하려고 여기까지 왔다

소름

당신은 내가 껴안을 때마다 온몸에 소름이 돋는다 한다
사랑이 소름이 되어 꽃 피던 시절이다

당신은 내가 껴안을 때마다 온몸에 소름이 돋는다 한다
미움이 소름이 되어 꽃 지던 시절이다

소름과 소름이 진달래 능선을 넘어가는 봄날

등대

나 후회하며 당신을 떠나네

후회도 사랑의 일부
후회도 사랑의 만장 같은 것

지친 배였다고 생각해주시게
불빛을 잘못 보고
낯선 항구에 들어선 배였다고 생각해 주시게

이제 떠나면
다시는 후회가 없을 터
등 뒤에서, 등 앞으로
당신의 불빛을 온몸으로 느끼며
눈먼 바다로 나아갈 터

후회도 사랑의 일부
후회도 사랑의 만장 같은 것이라

나 후회하며
어둠 속으로 나아가네

조용미
기억의 행성

1962년 경북 고령 출생. 1990년 『한길문학』으로 등단. 시집 『불안은 영혼을 잠식한
다』, 『일만 마리 물고기가 山을 날아오르다』, 『삼베옷을 입은 자화상』, 『나의 별서에
핀 앵두나무는』, 『기억의 행성』, 산문집 『섬에서 보낸 백 년』. 김달진문학상 수상.

초록을 말하다

초록이 검은색과 본질적으로 같은 색이라는 걸 알게 된
것이 언제였을까
검은색의 유현함에 사로잡혀 이리저리 검은색 지명을 찾
아 떠돌았던 한때 초록은
그저 내게 밝음 쪽으로 기울어진 어스름이거나 환희의
다른 이름일 뿐이었는데

한 그루 나무가 일구어내는 그림자와 빛의 동선과 보름
주기로 달라지는 나뭇잎의 섬세한 음영을 통해
초록에 천착하게 된 것은 검은색의 탐구 뒤에 온, 어쩌면
검은색을 통해 들어간 또 다른 방
그 방에서 초록 물이 들지 않고도 여러 초록을 분별할 수
있었던 건 통증이 조금씩 줄어들었기 때문

초록의 여러 층위를 발견하게 되면서 몸은 느리게 회복
되었고 탐구가 게을러지면 다시 아팠다
러시아 인형 마트료시카처럼 꺼내어도 꺼내어도 새로운
다른 초록이 나오는,

결국은 더 갈데없는 미세한 초록과 조우하게 되었을 때
의 기쁨이란

초록은 문이 너무 많아 그 사각의 틀 안으로 거듭 들어가
기 위해선 때로
눈을 감고 색의 채도나 명도가 아닌 초록의 극세한 소리
로 분별해야 한다는 것,
혹이 내게 초록을 보냈던 것이라면 초록은 또 어떤 색으
로 들어가는 문을 살며시 열어줄 건지

늦은 사랑의 깨달음 같은, 폭우와 초록과 검은색의 뒤엉
킴이 한꺼번에 찾아드는 우기의 이른 아침
몸의 어느 수장고에 보관해두어야 할까
내가 맛보았던 초록의 모든 화학적 침적을, 오랜 시간 통
증과 함께 작성했던 초록의 층서표들을

나의 매화초옥도

눈 덮인 산, 무거운 회색빛 하늘, 초옥에서 창을 열어두고 피리를 불며 앉아 있는 선비의 시선은 먼 데 창밖을 향하고 있다.

어둑한 개울에 놓인 다리를 밟고 건너오는 사내는 어깨에 거문고를 메고 있다

멀리서 산속에 있는 벗을 찾아오고 있다 방 안의 선비는 녹의를 그는 홍의를 입고 있다

초옥을 에워싸고 매화는 눈송이가 내려앉듯 환하고 아늑하다

매화를 찾아, 마음으로 친히 지내는 벗을 찾아 봄이 오기 전의 산중으로 발걸음을 내딛었다

생겨나고, 부유하고, 바람의 기운 따라 천지간을 운행하는 별처럼 저 점점이 떠 있는 흰 매화에서

우주의 어느 한순간이 멈추어버린 것을, 거문고를 메고 가는 한 사내를 통해 내가 보았다면

  눈 덮인 산은 광막하고 골짜기는 유현하여 그 속에 든 사람의 일은 참으로 아득하구나

  천 리 밖 은은하게 번지는 서늘한 향을 듣는 이는 오직 그대뿐

  밤하늘의 성성한 별들이 지듯 매화가 한 잎 한 잎 흩어지는 봄밤, 천지간의 구분이 모호해진다

  나는 그림 속 사람이 된다 별빛이 멀리서 오듯 암향도 가깝지 않다

물속의 빛

물은 점점 차오르고
당신의 얼굴은 보이지 않네
모든 빛들은 천천히 가라앉겠지

물속의 고요함은 정말 기괴하네
푸른빛 초록빛 싸늘한 흰빛 노란빛
그리고 검은,

검은 건 빛이 아니라서
그냥 어둠,이라고 해두지
물이 숨을 가득 채울 때 보았던 건
따뜻한 분홍빛

물속에서 이렇게 많은 빛들이 살아가는 줄
정말 몰랐지
내 노래의 음계들은 오래 어두울 텐데

모든 것이 연결되어 있는

고요한 곳이 있다면
그건 아마 물속일 거야

이제 물속에서 하늘을 보네
아아, 하늘은 물빛
난 당분간 눈을 감지 않을 거야

물빛은 점점 어두워 오는데
당신의 얼굴은 보이지 않네
물속의 고요함은 정말 기괴하네

무릎을 예찬함

예찬의 용슬재는 겨우 무릎을 들여놓을 만한 좁고 정갈
한 은자의 방
쇠무릎은 소의 무릎을 닮은 줄기 마디를 지닌 풀
우슬재는 해남 가는 길에 넘는, 소가 무릎을 꿇고 있는
모습과 닮은 고갯길

내 고요한 저녁 간혹 꺼내어보는 도록의 백자무릎형연적
은 꿇어앉은 여인의 무릎 마루를 닮은 단정하고 둥근 모양
의 연적
하나둘 품어와 일가를 이룬 책장 위의 연적들 바라볼 때
거기 눈길 자주 닿는 곳 어디 얹어두고 싶은 백자무릎형
연적

그 푸르스름한 흰빛을 나는 물끄러미 들여다보다가, 눈
길로 한없이 어루만져보다가
어느새 그윽한 마음이 되어서는
괜히 내 무릎을 만져보게 되는 서먹한 일이 생기는 늦은
저녁 한때를 수락하는 것이다

이것은 다 무릎 때문에 일어나는 일,
이것은 다 내 마음이 적적해서 벌어지는 일,
이것은 다 누군가에게로 가는 길

기억의 행성

기억이라는 혹은 추억이라는 이름의 그 대리석 같고 절벽 같은 견고함을 아시는지요 기억은 금강석처럼 단단합니다 견고한 모든 것은 대기 속에 녹아 사라지고 신성한 모든 것은 모욕당한다 했던가요 기억은 물이 되어 호수가 되고 바다가 되고 우리가 양육해온 모든 별들은 결국 부수어지고 말겠지요

기억은 지구를 반 넘어 채우고 있습니다 지구는 기억의 출렁이는 파란 별, 지구는 기억이 파도치는 행성, 지구의 정체는 바로 인간의 기억입니다 빙산이 녹아 해마다 기억의 수위가 높아집니다 기억이 뛰어오르거나 넘쳐나는 것을 막기 위해 강에는 얼음이 덮이지요

수증기가 끊임없이 대기권 밖으로 빠져나가도 지구의 기억이 줄어들지 않는 이유가 무엇이겠습니까 바다나 육지에서 증발한 기억은 구름이 되고 비와 눈이 되어 내리고 또 구름이 되고 바다로 가 다시 빗물이 되어 지상으로 스며듭니다 얼마나 많은 기억들이 대기 중에 흐르고 있는지요

기억은 영상 4도에서 가장 무겁기 때문에 한겨울에도 온
갖 기억의 파편들은 굳어버리지 않고 얼음장 밑에서 헤엄
쳐 다니며 살 수 있습니다 기억은 지구에서 가장 풍부한 자
원입니다 그러므로 지구를 기억의 행성이라 부르지요

그러나 지구 전체의 기억은 많지만 우리가 쓸 수 있는 기
억은 극히 적다는 사실을 알아야 합니다 기억의 행성 지구
는 사실 기억이 얼마 남지 않았지요 그 견고한 기억도 대기
속에 사라지고 신성한 지구만 우주의 기억 속에 남게 될 날
도 머지않았습니다 지구는 결국 변형된 기억으로 남게 된
다는 것을 어쩌면 우리는 아주 모르고 싶은지요

메밀꽃이 인다는 말

메밀꽃이 인다는 말 아는지요
바닷가 사람들의 오랜 말로 하얗게 부서지는 포말을 어
부들은 메밀꽃이라 부릅니다
흰 거품을 일으키는 물보라를 메밀꽃이 인다 하는데
그 꽃은 피는 게 아니라 이는 거예요
피는 꽃이 스러지는 꽃을 알 수 있을까요 지는 꽃이 일어
나는 꽃을 숨 쉴 수 있을까요

먼 파도에서 일어나는 물거품을 나도 이 순간부터 메밀
꽃이라 부르기로 합니다

잠에서 일어나고 연기가 일어나는,
먼지가 일어나고 두통이 일어나는,
아지랑이가 일어나고 혁명이 일어나는,
산불이 일어나고 지진이 일어나는,
불꽃이 일어나고 모래바람이 일어나는

일어나고 일어나 스러지고 또 스러져 다시 일어나는

그 꽃을 당신은 벌써 알고 있는지 모르겠어요

마음이 일어난다는 말은 어떤가요
메밀꽃처럼 흰 거품을 일으키며 솟구쳤다 스러지고 또
스러지는 이 마음 참 오래되었지요
메밀꽃이 또 인다고 당신께 소식 전하지는 못합니다
그저 메밀꽃이 피고 졌다 말할 밖에요
북쪽으로, 매서운 메밀꽃이 이는 한겨울의 바다로 가만
히 당신을 보러갑니다

조정권
고요로의 초대

■

1949년 서울 출생. 1970년 『현대시학』으로 등단. 시집 『비를 바라보는 일곱 가지 마음의 형태』, 『시편』, 『虛心頌』, 『하늘이불』, 『산정묘지』, 『신성한 숲』, 『떠도는 몸 들』, 『먹으로 흰꽃을 그리다』, 『고요로의 초대』. 녹원문학상, 한국시인협회상, 김수 영문학상, 소월시문학상, 현대문학상, 김달진문학상, 질마재문학상, 목월문학상 등 수상.

간이 변소

바람이 라면 봉지를 걷어차고 있다
농약 먹고 죽어 가는 논
몸 다 쓴 감나무
기미 낀 잎이 다 떨어졌다
쥐떼들이 길가에 나와 배추들을 톱질한다.
쥐가 횡경막 속으로 들어와 숨는다
이 虛氣,
휘청거리는 여인이
포대기를 싸안고 잔뜩 옴추린 채
간이 변소로 들어가 문 닫고
나오질 않는다
핏덩어리를 밑으로 쏟아버리고 혼절해 있다

보르도의 산문

보르도는 파리보다 한 달 먼저 꽃이 핀다.

꽃의 혀가 없다.

노란 미모사 꽃망울들이 길가로 마중 나와 있었다.

새빨간 타마리스 꽃망울들도 나와 있었다.

농부들이 흙 속에 샴페인을 부어주고 있었다.

흙 속에서 뿌리들은 긴 숙취에서 깨어날 것이다.

마을의 지붕은 오렌지색으로 출렁이고

대지는 혈색을 되찾는다.

정원의 분수와 나무들에게 봄 인사 보내며

나는 가롱 강이 흐르는 투르니에 가 네거리의 한 집 앞에
선다.

모퉁이 2층 돌 벽

('프리드리히 횔덜린 1802년 머물다')

(여기가 삶의 마지막 직장 가정교사직을 얻으려 그가 찾아온
집이구나)

표징을 감싸고 있는 담쟁이넝쿨에 남아있는 응달.

삶이 강요한 것은 삶

그걸 벗어나기 위해 산 삶

자신 때문에 방해받지 않을 정도만의 예우를 원하며

잠깐이나마 정처를 구하는 일.

그런 삶을 허여해 주지 않았던.

삶이 아름다운 건

아무런 보상을 바라지 않았기 때문이 아닌가.

밤마다 얼굴로 내려앉은 별들의 거미줄 사이 추운 빛들.

삶 속에는 조그마한 오솔길이 있다.

안식 없이 떠 돈 그대 누군가

나는 시인의 행적을 더 이상 찾지 않았다.

책갈피 속에 끼워둔 타마리스 꽃잎처럼

시인은 말 없음일 뿐.

나는 그가 머물었던 가롱 강이 안내해주는 오솔길에서
잠시 길을 잃었다가 돌아온 것으로 족한 것이다.

살청殺靑

1

푸르스름하게
송두리 채 다 푸르스름한 게 아니라
푸른색이 간간 찐하게 뻗어 간 그 푸른 길로
뻗어 가다가 막힌,
저 푸른빛이 왜 멈춘 걸까.
왜 막힌 것일까. 막히기 시작한 그 자리에서
자해하듯 내밀기 시작한 가시들. 가시들.

2

가시야
나는 내가 무겁다.
너는 너조차도 무겁구나.
나도 내가 무겁다.
너는 네 안에서 무겁다.
너는 네 안에서 쏫을 친다.

너는 네 안에서 죽을 쑨다.
나는 네 안에서 구겨진다.
이제까지 공쳐 온 말과
죽 쑤어 온 말을
無로 번역해
無의 꽃을 피어낸다.
자면서 울고 있는
네 잠의 눈물을 보며
나는 눈물방울을 닦아 줄 말을 생각해낸다.

장미의 주먹

석계역에서, 시 쓰는 고려대 경희대 후배들과 술 마시다
차 끊어져 못 가거나 안 가는 이들과 남아 다시
포장마차로 옮겨 비바람 후려갈기고 패다가 또 자리 옮겨
24시간 호프집으로 가서 떠들다가
나는 너무 쉽게 시와 시인과 삶을 용서한다는 사실을 알고 주먹을 쥔다.
너무 쉽게 이제까지 쥔 시의 주먹을 푸는 게 아닐까.
5시. 비바람 멎고 동네 길로 헤어져 오면서
새벽 늦게까지 문 안 닫은 골목길 마트
파라솔 의자에 앉아 혼자 잠시 나는 내 사지를 염한다.
나는 나를 염한다. 내 다리와 팔을 구두를 머리를⋯⋯
아파트 철책에는
밤새 비바람이 할퀴고 간
장미의 주먹이 수없이 피어 있다.
담벼락에도 집 근처 온 사방에도
비바람이 피워낸 장미의 주먹이 서로 꽉 쥐며 피어 있다.
저 장미의 주먹을

어떻게 읽어야 할까.
저 장미의 문자들이
내 머리통을 패는 게 아닌가.
하루 종일
장미의 주먹들이……

우표에 대한 상처

옛날에 나는
내 삶에
대지가 갓 발행한 파릇한 풀잎을 붙이고
나도 모르는 곳으로 나를 발송해버렸다.
하얀 나비들과 함께
나도 모르는 곳으로.
오랜 세월 나는 수신지 없는 편지처럼 떠돌았다.
(내 삶은 수신자가 없다.)
눈 덮인 산꼭대기
흰 수염의 거주자 그 윗분에게.
어딘지도 모르고
어딘지도 모르는
기슭으로. 나는 봉함한 채
나도 모르는 곳으로 발송해버렸다.
오랜 세월 나는
삶에 침을 발라
나를 발송했다.
내가 본 것은 먼 산 무 장다리 밭의 흰 나비들.

눈부신 흰 눈 왕관을 쓴
먼 산 ,
내 삶은 그 침묵의 하얀 왕관 앞 미봉된
봉투.(그 안의 내용은 물론 엉망이고말고.)
경박스런 내 삶의 글씨.
오랜 세월
나는 갈지자로
나는 헤맸다.
내 뒤통수는 세상을 떠돌았다.
그러다 어느 날 나는 알았다
내 삶이 반송되었다는 것을.

나는 이제
어떤 사람이 어떤 사람 옆에서 파도 소리처럼 살았다고
말하지 않는다.
어떤 사람이 어떤 사람한테 어떤 사람을 전해주려 했다
고도 말하지 않는다.
어떤 기슭에 파도가 모래에 쓴 시를 보여주려 했다고도

말하지 않는다.

나는 나를 잠재우려 애쓴다

간밤엔 필름이 끊어져 있었지.

내 옆엔 갯벌이 있었고
옆에서 허우적대는 팔이 있었는데.
바다의 팔이 나를 부축해주고 있었는데.

나는 나를 내 옆에 뉘고 있었다.

나는 나를 매일 재워야하기 때문에
파도 소리의 손을 쥐고 싶었다.

그 손에서는 늘 파도 소리가 나기에.

내가 사랑했던
너와
나의
모든 언어에서 나를 해방시켜 자유가 된 동시에,
이 세상에 홀로 존재하는 언어

‘그’
내가 ‘그’라는 것.

내가
낯선 ‘그’ 옆에
갯벌처럼 길게 누워있었구나

그처럼 나와 그 사이는 반평생 끊어져 있었구나.

간밤에 나는 필름이 끊어져 있었다.

아무 것도 아니고 아무런 뜻도 없는
‘그’

언젠가 만날 때 한번쯤 존경을 표하고 싶었던 ‘그’
내 허기진 머릿속에서 먼 포성처럼 울리는 ‘그’
그 옆에서 내가 나를 잠재우려 애쓰면서.
내가 ‘그’를 잠재우려는 그가 되면서.

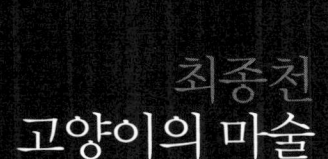

최종천
고양이의 마술

1954년생. 1986년 『세계의 문학』, 1988년 『현대시학』을 통해 등단. 시집 『눈물은 푸르다』, 『나의 밥그릇이 빛난다』, 『고양이의 마술』. 신동엽 창작기금 수혜.

나, 숨을 곳

차를 몰고 아파트로 들어오다가
갑자기 뛰쳐나오는 꼬마 아가씨를 칠 뻔 한 적이 있다.
그 꼬마 아가씨는 살결이 구리빛이고 살이 복스럽게 올
라있었다.
얼굴에는 인내와 이지가 머물고 있었다.
난 차를 세우고 꼬마 아가씨에게 가서는
눈을 슬쩍 찡그리며 조심해! 라고 말하며
등을 다독거려 주었다.
일주일이 지난 지금도 꼬마아가씨는
날 보면 두 손을 비비며 "죄송해요" 라고 하고 있다.
조심해!라고 하는 게 아니었다.
괜찮아!라고 했어야 했던 거다.
꼬마 아가씨를 만 날 때마다 난
어디로든 숨고 싶다.
사실 이 시도 숨고 싶어서 쓰고 있다.
그러나 이 허구의 구조물은 이 땡볕에도 그늘이 없다.
어린 나이에 얼굴에 얇은 그늘을 이고
거듭 죄송해요 하는 그 꼬마 아가씨를 만나게 될까봐 두

려워
  슬슬 피해 다니고 있다.
  이 뚜렷한 그림자까지 거느리고 다니며
  어디에 숨어야 할지는 허구로는 대답을 얻지 못하리라
  내일은 그 꼬마아가씨와 정면으로 마주쳐야지
  악수를 청하리라 내가 잘못했다고
  아마 사죄하듯 말하면 받아주지 않을지도 모르니
  다정하게 말하리라 미안하다고
  꼬마아가씨의 그늘에 들어가 나의
  사소하고 피곤한 역사를 쉬고 싶다.

그리운 곡선

곡선의 애무를 받고 싶을 땐
욕조의 물 속으로 들어간다
아주 옛날에 물은
곡선을 느꼈다 그 기억 본능
녹이 슨 배관을 따라 흐르는 동안
놓아버리고 이제 나의 몸을 만나리라
"이것이 나의 곡선이에요"
나는 담겨진 물만큼이나
곡선을 그리워했던 건 사실이다
당신을 사랑하지는 않지만,
섹스를 하고 싶다고 그녀에게 말했을 때
나는 욕조에 담겨진 물에 대하여 말했던 것이다
많은 사람들이 욕조의 강요로 섹스를 한다
사랑이라는 강박관념에 갇힌 성을,
당연하게도 우리들 대다수는
성이 없는 사랑보다는,
사랑이 없는 성을 원한다!
성이 사랑을 낳았다.

이제 본론을 말해야 할 것 같다.

인간에게 성은 유일한 實在이다.

그 외의 모든 것은 허구이다, 특히 예술을 핑계삼아

성을 수식하거나 상징화하지 말자.

오늘 나는 헤어진 그녀를 생각 하다가

욕조에 물을 가득 채운다.

느껴보고 싶었던 그녀의 곡선이 나를 휘감는다

우리는 헤어졌지만 사랑은 영원하다

'사랑'은 관념이기에 형태가 없다

실재가 아니다 영원하다

실재하게 하고 싶었던 그녀와의 사랑, 이라는 관념

바다에까지 흘러넘치는 나의 형태. 나의 실재

나의 孤獨.

먼지 알갱이

내 기침소리의 입자는 얼마나 반짝일까? 먼지 알갱이 여러 개가 얼굴 주위를 맴돌다가 기침호흡에 들락거린다 반짝거리며 땀범벅인 얼굴에 붙는다 땀은 먼지를 머금고 더 진해진다 나는 땀을 쥐어뜯는다 내 가죽이 이렇게 얇던가? 벌레처럼 기어 다니는 땀방울로 얼굴이 모처럼 만에 꿈틀거린다 나는 없는 표정도 표정이라고 생각하는데 그게 아니라는 듯이 땀방울 속에 모여 표정을 짖는 먼지 알갱이들의 반짝거림 먼 하늘로 여행을 포기하고 내 얼굴의 표정이 된 먼지들 내 몸의 회로를 타고 다니는 신호들로 나는 항상 가려워 꿈틀거린다 오늘 하루의 노동이 무사히 끝난다

고양이의 마술

우리 공장 고양이는 마술을 잘 한다
어떻게 암컷을 만났는지 그리고 역시나
도대체 어떻게 새끼를 여덟 마리나 낳았는지
네 마리는 엄마를, 다른 네 마리는 아빠를,
정확하게 닮았다. 밥집에서 밥도 오지 않았는데
일하는 나를 올려다보며 큰 소리로 외친다.
그 소리를 들어야 비로소 우리들 배가 고파온다.
녀석들은 어느 날 갑자기 찾아 왔다.
점심을 먹고 있는데 니야옹! 하는 소리로 온 것이다.
땅바닥에 엎질러준 생선 대가리와 밥을 말끔히도 치웠다.
얼마 후엔 암컷도 같이 왔다.
공장장만 빼고는 일하는 사람 모두 장가를 못간
노총각들이어서 그런지 고양이 사랑이 엄청 크다.
자본주의가 결혼하라고 할 때까지
부지런히 돈을 모으는 상중이가 밥 당번이다.
밥을 주면 수컷이 양보한다.
공장장은 한때 사업을 하다 안되어
이혼을 했다고 하지만

내가 보기엔 자본주의가 헤어지라고 하여
헤어진 것이 틀림없다.
사람의 새끼를 보면 한숨만 터지는데
고양이의 새끼를 보면 은근히 후회되는 것이다.
사람인 나는 못하는, 시집가고 장가가고
돈 없이도 살 수 있는 고양이의 마술이다.

오늘 거멍이가 죽었다

올해가 모차르트가 죽은 지 250주년이라고
그를 추모하며 그의 음악을 듣자고 한다.
오늘은 모차르트만 죽은 날이 아니다.
오늘은 우리 공장에서 기르는 간절한 눈빛의
거멍이가 죽은 날이다.
건너 공장의 수컷을 만나러 가다가 차에 치어 죽었다.
나는 모차르트보다 거멍이를 추모하리라.
누구는 "죽음은 모차르트를 듣지 못하는 것이다"라고 하
지만
나에게 있어 죽음은 개 짖는 소리를 듣지 못하는 것이다.
모차르트는 죽은 것이 아니라 죽지 못하고 있다.

인간의 역사에는
개구멍을 통하여 구원받은 자들이 많다.
정문보다 개구멍을 통하여 드나드는 자들은
성공을 보장 받게 된다.
개에게는 개구멍이 없다.
개만도 못한 사람들은 여전히 많고

모차르트의 죽음을 추모하는 것은 의무이다.
인간은 누구나 모차르트의 피조물이다.

나는 자신의 피조물이다 고로,
나는 거멍이를 추모하고자 한다.
모차르트는 듣다가 꺼버릴 수 있지만
거멍이의 짖는 소리는 꺼지지 않는다.
거멍이가 꺼버려야 비로소 꺼진다.
헛것인 나를 짖어주던 거멍이의 눈동자가
하늘에 떠 있다, 별이다.

我

길을 가다가
전봇대에 부딪친 건 나에게
我가 있기 때문이다
我는 한 치 앞을 모른다. 전봇대는
한 치 앞을 훤히 알고 있다 我가
없기 때문이다
我를 버리고 전봇대처럼
거리에 서자, 서서
도대체, 그 놈의 말도 버리자
글도 버리자
어두워지니 비로소
전봇대 허리춤에 달고 있는
我를 부끄럽게 켠다.
전봇대의 我는 켤 수가 있구나
인간의 我는 서로 부딪칠 때만 순간 켜진다
그 빛으로는 사물을 볼 수가 없다
화려한 화력의 불꽃, 전쟁도 我 때문에 한다

허수경
빌어먹을,
차가운 심장

■

1964년 경남 진주 출생. 1987년 「실천문학」으로 등단. 시집 「슬픔만 한 거름이 어디 있으랴」, 「혼자 가는 먼 집」, 「내 영혼은 오래 되었으나」, 「청동의 시간 감자의 시간」, 「빌어먹을 차가운 심장」, 산문집 「길모퉁이의 중국식당」, 「모래도시를 찾아서」, 장편소설 「모래도시」, 「박하」.

저녁 직전

집으로 선뜻 들어설 수 없는 마음
강으로 간다
강가에 서서 먼 날을 되돌려
오늘인 듯 내일인 듯
목숨을 걸고 꽃피웠던
어제인 듯 추억한다

우리 그날 비닐우산으로 노을을 가려 쓰고
그 안에서 웃었지?
레이스 달린 양말을 신고 학예회에 나온
우리들의 영혼이
비닐우산 아래 그리고 우산을 감싸 안고 있었던 노을처럼 다사로웠지?
아아, 얼마나 우리는 웃었니?
삶으로 머리칼을 묶고 죽음으로 손가락을 꼼지락거리다가도 모자라
세기 밑을 흐르고 있는 물 아래 잔돌처럼 힘차게 다시 엎드리고 있자, 했지?

잔잔한 물꽃들을 열어보자, 했지?
그러지 않았니? 연인아,
내 장년의 팔이 너의 존재를 살짝 건드리자
아아, 먼 고양이 소리를 내며 붉게 오므라드는 연인아

어이 어이 하고 바람 온다
거 섰지 말고 여로 오지 하고
바람이 태양에게 말 건다
나의 멍든 작은 피리들아
저 강 안에서
헤엄치는 노래 직전의 것들아
다 보내고도 아직 내 마음에 차 있는
정다운 쓰림아

저녁 오지 않는다
저 멀리서 바람이 태양과 함께
노닥이느라 저녁은 하늘솥에 아직 갇혀 있다
나의 옛 수다스러운 새들아

저 강 안에서
톡 톡 물을 쪼고 있는 시린 부리들아
파드득 날아오르는 저녁 직전의 것들아

너의 눈 속에 나는 있다

나는 그렇게 있다 너의 눈 속에
꽃이여, 네가 이 지상을 떠날 때 너를 바라보던 내 눈 속
에
너는 있다
다람쥐여, 연인이여 네가 바삐 겨울 양식을 위하여 도심
의 찻길을 건너다 차에 치일 때
바라보던 내 눈 안에 경악하던 내 눈 안에
너는 있다

저녁 퇴근길 밀려오던 차 안에서 고래고래 혼자 고함을
치던 너의 입안에서
피던 꽃들이 고개를 낮추고 죽어갈 때
고속도로를 달려가다 달려가다 싣고 가던
얼어붙은 명태들을 다 쏟아내고 나자빠져 있던 대형 화
물차의
하늘로 향한 바퀴 속에 명태의 눈 안에
나는 있다

나는 그렇게 있다 미친 듯 타들어가던 도시 주변의 산림
속에

오래된 과거의 마을을 살아가던 내일이면 도살될 돼지의
검은 털 속에

바다를 건너오던 열대과일과 바다 저편에 아직도 푸르고
도 너른 잎을 가진

과일의 어미들 그 흔들거리던 혈관 속에

나는 있다 오래된 노래를 흥얼거리며 뻘게를 찾는 바닷가

작은 남자와 그 아이들의 눈 속에 나는 있다 해마다

오는 해일과 홍수 속에 뻘밭과 파괴 속에

검은 물소가 건너가는 수렁 속에

과거에도 내 눈은 그곳에 있었고
과거에도 너의 눈은 내 눈 속에 있어서
우리의 여관인 자연은 우리들의 눈으로
땅 밑에 물 밑에 어두운 등불을 켜두었다
컴컴한 곳에서 아주 작은 빛이 나올 때

너의 눈빛 그 속에 나는 있다
미약한 약속의 생이었다
실핏줄처럼 가는 약속의 등불이었다

비행장을 떠나면서

비행장을 떠나면서 나는 울었고 너도 울었지

비행장을 떠나면서 사람들은 커피를 마시며 우울한 신문들을 읽었고

참한 소설 속을 걸어다니며 수음을 했지

사랑이 떠나갔다는 걸 알았을 때 사람들의 가슴에서는 사막이 튀어나왔는데

사막에 저리도 붉은 꽃이 핀다는 건 아무도 몰라서 꽃은 외로웠지

비행장을 떠나면서 사람들은 테러리스트들을 향해 인사를 했고

비행장을 떠나면서 지상에 쌓아놓은 모든 신문들에게 불안한 악수를 청했어

울지 마, 라고 누군가 희망의 말을 하면

웃기지 마, 라고 누군가 침을 뱉었어

21세기의 새들은 대륙을 건너다가 선술집에 들러 한잔했지

21세기의 모래들은 대륙과 대륙에 새 집을 짓다가 스시 집에 들러차가운 생선의 심장을 먹었어

21세기의 꽃게들은 21세기의 모기들은 21세기의 은행나무들은
인사를 하지 않는 시간을 위해 오랫동안 제사를 지냈지
21세기의 남자들은 21세기의 여자들은 아이들은 소년과 소녀들은

비행장을 떠나면서 사랑이 오래전에 떠난 사막에 핀 붉은 꽃을 기어이
보지 못했지, 입술을 파르르 떨며 꽃이 질 때
비행장을 떠나면서 우리들은 새 여행에 가슴이 부풀어
헌 여행을 잊어버렸지, 지겨운 연인을 지상의 거리, 어딘가에 세워두고
비행장을 떠나면서 우리들은 슬프면서도 즐거웠지

열린 전철문으로 들어간
너는 누구인가

네가 들어갈 때 나는 나오고 나는 도시로 들어오고 너는
도시에서 나간다

너는 누구인가 내가 나올 때 들어가는 내가 들어올 때 나
가는 너는 누구인가

우리는 그 도시에서 태어났지, 모든 도시의 어머니라는
그 도시에서 도시의 역전 앞에서 나는 태어났는데 너는 그
때 죽었지 나는 자랐는데 너는 먼지가 되어 도시의 강변을
떠돌았지 그리고 그날이었어 전철문이 열리면서 네가 나오
잖아 날 바라보지도 않고

나는 전철문을 나서면서 묻는다, 너는 누구인가 한 번도
보지 못한 너는 누구인가 너는 산청역의 코스모스 너는 바
빌론의 커다란 성 앞에서 예멘에서 온 향을 팔던 외눈박이
할배 너는 중세의 젓국을 파는 소래포구였고 너는 말을 몰
면서 아이를 유괴하던 마왕이었고 너는 오목눈이었고 너는
근대 식민지의 섬에서 이제 막 산체스라는 이름을 받던 잉

카의 한 아이였고 너는 인사동 골목의 식당에서 연탄불에 구워져나오던 황태였고 너는 나에게 멸치를 국제우편 소포로 보내주던 현숙이었지

나는 전철문을 나서면서 대답하다 나는 고대 왕무덤에서 나온 토기였다가 그 토기의 입이었다가 텅 빈 세월이었다가 구겨진 음란 소설 속에 등장하는 창녀의 바 창문에 걸린 커튼이었지 은행 금고 안에 든 전쟁이었다가 아프가니스탄 고원에 핀 양기뷔였다가 나는 실향민 수용소의 식당에서 공급해주던 수프였다가 나는 빛으로 들어가는 입구에서 언제나 서 있기만 했던 시였지 그리고 일용 노동자로 눈 덮인 거리를 헤매던 나의 혈육이었어 저 멀리 용산참사의 시체가 떠내려가던 어떤 밤에 아무런 대항할 말을 찾지 못해서 울던 소경이었어

포도송이였어 그 들판에서 자라던 자줏빛 도라지꽃이었어 그래 아직도 살괭이였어 도시의 검은 밤에 길을 건너던

산돼지였어 먼 사랑이었고 사랑의 그늘이었지 도시 골목의
어느 카페에서 마시던 유자차였고 그리고 웃으면서 헤어지
던 옛 노래였지 나는 너에게 묻는다

　너는 누구인가, 닫히는 전철문 앞에 서서 먼 구멍으로 들
어가던 내가 사랑하던 너는 누구인가

어린 밤의 공기

작은 박쥐 한 마리가 처마 밑에 거꾸로 매달려 있다
비를 피하고 있는 건지 어둠을 피하고 있는 건지 알 수
없는 봄밤

작은 영혼을 가진 비가 와서 컴컴한 비가 왔고
어린 영혼의 공기는 어둔 빗속에서 아른거렸다.
박쥐는 비와 공기 사이에서 흔들거리며 처마 밑에 매달
려 있다

아직 꽃이 피지 않은 가지에 달린 연약한 입김들은
모로 누워 가지에게 조금은 덜 익은 술을 부어넣고 있다
이런 날, 들판에서 유랑을 멈출 수 없던
여우도 새끼를 데리고 멀리 떠있는 별을 보러가기도 할
것이다

아가들이 아름다운 건 저 가지 끝에
연한 숨을 받는 젖은 어둠 때문인지도 모른다
스러지는 영혼이 가볍게 끝나가는 지점

어린 밤의 공기는 아기박쥐를 처마 밑에 걸어두었는지도
모른다
봄을 처음 맞는 어린 박쥐에 대한 기억을 안고
어둠은 어린 공기를 태어나게 할지도 모른다

이런 날이면 마지막 소절만 생각나는 옛노래에 실린
늙은 여자의 가냘프게 떨리는 눈썹이 생각나는 것이다
그 여자가 낳은 아이를 묻은 주둥이 좁은 옹이도 생각나
는 것이다

어린 밤의 공기 속에 흔들거리는 작은 박쥐가
마치 그 옹이에서 나온 것 같은 것이다

1982년 바다를 떠나며

우리들이 출생했을 때 전쟁은 겨우 십여 년전 일, 우리는 집에서 태어난 자

전쟁이 아직 만성질환의 징후에서 벗어나지 못한 겨울 그리고 봄 가을 저 차가운 땅에 묻는 계절에 우리는 유년을 맞았네 땅이 눈물처럼 머금고 있던 지뢰와 산산이 흩어진 팔다리 사이에서 우리는 사금파리를 찾았네 그리고 우리가 사춘기에 들어섰을 때

아무도 우리들의 사춘기를 알아차리지 못해서 프로레슬러의 박치기처럼 즐거웠네 저녁 밥상으로 올라온 생선과 채소와 소금 서둘러 뜬 달의 궁전이 가득한 국을 들이키며 우리는 우리가 단 한번도 건설하지 못할 제국의 깃발을 생각했네

어둠이 내리지 않은 밤 입구에서 우리들의 읍성을 생각했네 읍성의 해자와 옹벽을 생각했네
불면증에 걸린 새들은 깊은 남쪽으로 날아갔네

아이를 낳지 못하던 선배와 그 선배의 아내가 끓이던 들 깻가루가 가득한 미역국 무기 없는 성 같은 그 미역국을 한 모금 넘기자 그렇게 평화롭던 제국, 그 안에서 단 한 번만 살아보았음 싶었네 바다를 지나서 얌 뿌리를 먹고 사는 키 작은 사람들을 만나보고 싶었네

들깻가루의 미역국 속에서는 태어나지 못한 아기들의 별 이 떴네 별은 아주 조심스럽게 우리들을 버렸고 버려졌으 니 삶은 다시 시작하는 거 아니며 노할게 피어나던 구황작 물의 구불거리는 길이 아스피린처럼 쓰린 저녁에 펼쳐졌네 (감자 덩굴에서 일어나던 슬픔의 회오리를 감당할 수 없어 감자 를 익히면 빛나던 그의 살에서 빛이 나올지 울음이 나올지 아무 도 몰라서 인간의 손에는 익지 않은 감자의 노을, 그 먼지만이 일렁였어)

이름 없는 여자가 물질을 해서 고무 다라이까지 들여놓 던 남해 바다 알큰한 개불의 꿈, 죽음처럼 말갛게 다가오던 절인 생강의 바다에 아련하게 떠오르던 물미역 같은 어둔

소녀들도 있었네 아직 말을 찾지 못하는 사람에게는 돌아오지 않는 고향과 같은 얼굴을 한 소녀들이었네

　늦은 밤 새의 얼굴을 가진 바람이 불 때 뱀의 머리칼을 한 한 여가수가 울었네 저 배에 실린 군인이 만에 도착할 때까지 여가수는 배 뒤를 따르며 다시 시작하는 태양에 대해서 노래했네 배가 저 만에 도착하고 만이 군인들을 맞이하는 순간 집에서 태어난 우리들은 꿈꾸었던 모든 제국을 버리고 집을 떠날 것이네

　아주 오래된 미래를 향한 모든 꿈은 악몽이었지 우리는 집에서 태어났으나 집이 없었네
　그해 군인들로 가득한 해변에 두고 온 꿈 때문에 우리는 아주 오래동안 조금 잠을 자면서 얻어맞는 곰처럼 울었네

3부

박재삼사천문학상 수상자

김륭

· · ·

자선 대표작
「꽃과 딸에 관한 위험한 독법」 외 4편

2007년 『문화일보』 신춘문예에 시가, 『강원일보』 신춘문예에 동시가 당선되어 등
단. 시집 『살구나무에 살구비누 열리고』(근간 예정), 동시집 『프라이팬을 타고 가는
도둑고양이』, 『삐뽀삐뽀 눈물이 달려온다』. 월하지역문학상 수상.

　예심에서 추천된 수상 후보작들 가운데 단연 돋보였던
것은 김륭의「쌀 씻는 남자」,「독사」,「뱀의 형식」등 3편이
었다. 김륭의 작품들은 집요하게 응시해보인 삶의 곤고한
시간들로 팽팽하다. 시인은 대상 속에 스미면서도 결코 함
몰되지 않는 집중력을 지켜낸다. 그리하여 진심을 온축시
킨 이 고백들은 살아내는 일의 지난함을 더듬지만, 마침내
견뎌낼 수밖에 없었던 실존의 이력을 겹쳐놓는다. 선자(選
者)에게는, 그가 슬픔의 독으로 간난을 물어뜯는 지독(至
毒)함을 버리지 않는 한, 그만의 세계를 더욱 외롭게 감염
(感染)시키리라는 믿음이 생겨났다. 부디 시를 향해 "대가
리 빳빳하게 치켜든 독사" 같은 치명의 결기를 저버리지 말
길 바란다.

　박재삼사천문학상은 경남 지역의 문예지에 발표된 작품
을 대상으로 주어지는 작품상이다. 수상 자격을 등단 10년
안팎의 시인으로 한정한 것에서도 지역 문예의 발전을 염
원하는 이 상 제정의 취지가 감지된다. 고향 사천을 유난히
사랑하였으며, 젊은 시인들을 즐겨 격려했던 박재삼 시인

생시의 모습을 떠올린다면, 이 상은 그의 명성에도 어울린다 하겠다. 이 상을 계기로 경남의 문예가 르네상스로 접어들길 기대해본다.

김명인 시인(글), 김용락 시인, 김경 시인

쌀이 울었을까, 살이 울었을까

쌀과 살 사이, 비늘 벗겨진 물고기처럼 살아온 지 꽤 오래다. "시인이란 그가 들어갈 수 없는 세상에 어머니에 의해 이끌려 들어와 자신을 드러내게 된 젊은이다." 밀란 쿤데라를 다시 읽는데 폰이 울었다. 아주 짧은 순간이었지만 한생이 몽땅 지나가는 듯 아찔했다.

쌀이 울었을까, 살이 울었을까. 내가 가보지 못한 세상 저편으로 까무룩, 주저앉는 사내를 보았다. 이건 영광이 아니라 부끄러움이다. 그렇다. 저만치 무대 위에 올라간 배우들이라고 다 같은 배우가 아니다. 살아 있는 배우가 있고 죽은 배우가 있다. 시인 또한 마찬가지다. 종이 위에서 살아 있는 시인은 과연 얼마나 될까.

얼음장보다 차가운 종잇장 밑에서 입을 벙긋거리는 한심

한 물고기 한 마리 본다. 이미 오래전에 하얗게 배를 뒤집은 시인에게 숨을 붙여준 김명인 시인님과 김용락 시인님, 김경 시인께 진심으로 감사드린다. 니코스 카잔차키스의 소설 속 조르바의 말처럼 "인생의 신비를 사는 사람들에겐 시간이 없고, 시간이 있는 사람들은 살 줄을 모른다". 그러니까 다시 살아야 한다. 나는,

펜과 잉크가 아니라 살과 피로 살아야 하는데 그게 어디 쉬운 일인가. 문득 쌀이 울었는지, 살이 울었는지 궁금해진 봄날, 종잇장 밑에서 물고기 한 마리 건져 올려 삼천포로 간다. 바다 위에 쪼그리고 앉아 한참을 운다.

꽃과 딸에 관한 위험한 독법

그러니까, 나는 한 번도 딸에게 꽃을 선물한 적이 없다
아파트 베란다 마른 빨래처럼 널린 여자들에겐 꽃을 안
기고 물을 주었지만
무심했다, 하나뿐인 딸에게는 둥둥 그저 엉덩이나 두들
겨주었을 뿐
발그레 익어가는 볼 가득 벌레 먹은 입이나 맞춰주었을 뿐

꽃으로 읽었다 그러니까, 나는 하나뿐인 딸을 만나기도
전에
사랑해버린 것이다. 고백컨대 딸에게 떠먹인 밥알과 꾸
역꾸역 내가 삼킨
눈물에 관한 소유권을 주장할 수 없는 나는 바람의 문체로
씨앗을 퍼트릴 수 없는 곡절이다

꽃대처럼 가늘고 긴 딸의 목에서 무슨 색이 올라올지 무
슨 노래가 깨어날지

사랑한다 죽도록, 벌레 먹은 입을 노루 발밑에 떨어진 꽃잎처럼
주절주절 흩뜨려놓고 사는 것인데, 내 품을 떠난
딸의 처녀성이라도 찾아오고 싶은 것인데

그럴 때면 눈이 빨간 산토끼처럼 꽃밭에 쪼그려 앉아있는
내 성기를 발견하곤 한다

그러니까, 갈라선 아내가 키우고 있는 딸에게 모처럼 넣어본 전화를
꽃이 받는 순간의 낭패감이 찡- 눈을 찔러올 때마다
턱밑에 붉은 밑줄을 긋고 완성한 늙은 지붕 위로 구름은
딸과 내가 함께 덮고 자는 이불, 깨진 화분 같은 내 몸에서 끓고 있는
피에 관한 이야기가 흘러넘치지만

꽃의 나이를 물을 수는 없다 그러니까, 나는 딸과 꽃 사이에서

길을 잃었다 못 다한 사랑은 그렇게 울컥, 나이를 먹고
나는
제대로 늙기도 전에 미치거나 시드는 꽃을
눈물로 잘못 읽은 것이다

개나리 소송 訴訟*

　이를테면 개나리를 대문간에 묶어놓으려는 사람이 있다. 담장 너머 저만치 살금살금 오는 봄을 왈왈, 먼저 짖었다는 죄목인데,―그렇습니다. 이건 개소리가 아닙니다.―봄날을 복날로 착각하는 판관도 있다.

　냉장고에서 꽃을 꺼낸다. 지난 봄 죽은 애인을 다비식茶毘式하기 좋은 날, 아내가 있었다면 내가 꺼낸 건 꽃이 아니라 털 빠진 개라고 텔레비전 리모컨을 집어던졌겠지만, 웬만큼 살다보면 당신 또한 알게 된다. 그게 그거니까. 우리할머니 曰, 인생사 별거 있간디, 다 거기서 거기지.

　그러니까 노란 금뱃지 입술에 달고 나라 걱정하는 인사들보다 옆집 개 짖는 소리가 다정하게 들리는 날이 있다.―그렇습니다. 개소리를 개나리로 읽는 어느 시인의 말을 빌리자면 꽃은, 봄이 흘리는 말의 뼈다귀입니다.―왈왈, 하늘은 노랗게 입술은 새파랗게

　이를테면 옆집 대문간에 묶어놓은 개나리가 짖는다고 소

송을 제기한 사람이 있다. 오지도 않은 봄을 물어뜯었다는 죄목인데, 복날을 봄날로 읽는 정치인도 있다. 공부와 담을 쌓은 고3 딸이 바람난 줄 모르고, 맹렬히 꼬리 흔드는 줄 모르고

그렇습니다. 이건 이천만 원이 넘는 개나리 몸값을 물어내야 할 옆집 부부의 베갯머리 송사(訟事)가 아닙니다. 큰길 건너 저만치 툭툭 살이 터져 주저앉은 봄날을 보신탕집으로 끌고 가려는 사람이 있다.

* 옆집에서 개가 짖는다고 옆집에 2,000만 원 소송을 제기한 안상수 전 한나라당 대표의 이른바 '개소리 소송'을 변주하다.

물고기와의 뜨거운 하룻밤

나는 아무래도 눈물 한 토막을 전생에 두고 온 것 같다

그렇지 않다면 펄쩍, 어항 속을 뛰쳐나와 바닥을 팔딱거리는 금붕어에게 눈이 멀 까닭이 없다 화장을 지우는 당신 입안 깊숙이 나는 아직도 새빨간 거짓말이다

달의 속곳이라도 훔쳐 입은 듯 달달해진 그림자 밑으로 손을 집어넣으면 바람이 발라낸 가시나무의 살이 만져지는 밤, 당신의 무릎 사이 깨진 어항 하나로 떠오른 나는 아무래도 눈물에 길을 가로막힌 것 같다

내일쯤 눈꺼풀을 잘라내기로 했다 푸드덕 머리를 열고 날아오르는 새들보다 먼저 태양을 필사한 금붕어 배를 갈라야겠다 스르륵 바지부터 벗어던지는 혓바닥이 너무 뜨겁다

그러니까 내게 눈물이란 까마득히 밑이 보이지 않는 바닥을 솟구치다 딱, 두 눈을 마주친 물고기의 전생이다 사랑

에 빠질 때마다 둥둥 강물을 거슬러 오르다 죽은 연어가 떠
오른다 내 몸은 아무래도 영혼을 헛디뎠다

　사랑해, 라고 속삭이는 당신의 거짓말로 살기엔
　가시가 너무 많다

허브

자전거 탄 아이들은 어디쯤에서 해를 깨뜨리고 달을 낳
을까, 배드민턴 치는 노부부의 손가락 끝이 까맣게 타들어
가는데 공원벤치에서 깡마른 여자의 무릎을 베고 누운 남
자의 저 곱슬곱슬한 머리카락엔 꽃이 필까, 누군가 조화라
도 갖다놓겠지만 물은 누가 줄까,

로맨스는 있지만 성감대가 없는 거울, 묘비 하나 세울 수
없는
　내가 없는 나의 거울은 바람과 피가 통할지 몰라

그러고 보니 나는 너무 오랫동안 나무와 친했고, 내가 엿
본 여자의 발은
　하나같이 새를 닮았다, 그렇다, 밥만 없으면 백년은 더
살 것 같은
　내 형편을 생각하면 그리 놀랄 일이 아니다

거울 속으로 도둑이 드나들었다니,

나무가 새를 집어던지는 시간

막 학교에서 풀려난 소녀들이 재잘재잘 화장실 거울 속에 숨겨두었던 얼굴들을 꺼내고, 화창한 토요일이 서둘러 그 얼굴을 반으로 나누고,

랄랄라 소녀들은 머리 위의 구름 속으로, 햇살은 소녀들의 가방 속으로 가만히 손을 집어넣어 북북 책을 불사르는 시간

교문 담벼락에 붙어있던 소년 두엇이 퉤퉤, 서로의 그림자에 침을 뱉어주거나 뒤통수를 긁적거리는 동안

나무는 하늘로 손을 뻗어 쿠키로 만든 코와 브라보콘 같은 입과 가리비 모양의 눈을 꺼내 소녀들에게 건네고, 바짝 입이 마른 소년들의 머리는 실몽당이로 변하고,

떡볶이집 지나 고물자전거 옆구리에 낀 노인의 걸음걸이로 소녀들을 뒤쫓는 소년들, 햇살 엉킨 머리카락에 꽂혀있던 어제의 빗방울들이 점점 붉어지는 한나절

새로 태어났지만 맘껏 하늘을 날 수 없는 소녀들과 새장을 부술 수 없는 소년들을 털썩, 땅바닥에 주저앉아 울어줄 수도 없는 나무의 마음 어딘가에 구멍이 생겼을 것이다

나무가 새를 집어던졌다

집으로 가는 버스를 벌레처럼 잡아 손바닥에 올려놓고 깜짝 놀라기도 하는 버스정류장 앞에서 소녀들의 치마가 펄럭, 소년들의 그림자를 포장하는 시간

새장 같은 소녀들의 얼굴을 들고 소년들은 앞이 잘 안 보인다는 듯 눈을 비벼대고, 볼이 빨갛게 달아오른 소녀들은 손바닥으로 해를 가리고,

나무가 집어던진 새를 차곡차곡 가방 속에 집어넣은 다음에야 버스에 오르는 한 무리의 소녀들과 소년들이 날갯죽지 부딪칠 때마다 덜컹거리는 하늘, 랄랄라

지붕 위에 구름을 쏟진 말아야지

1933년	4월 10일 아버지 박찬홍(朴贊洪)과 어머니 김어지(金於之)의 차남으로 일본 동경부(東京府) 도남다마군(稻南多摩郡) 성촌실야구(城村失野口) 1004번지에서 출생. 아버지는 모래 채취 노동으로 생계 유지. 형과 누이동생 둘이 있다.
1936년	4세 때 가족이 모두 귀국하여 어머니의 고향인 경남 삼천포시 서금동 72번지에 정착.
1940년	삼천포 히노데(ㅋ出)국민학교에 입학.(이 학교는 뒤에 수남(洙南)국민학교로 개칭, 현재는 삼천포초등학교).
1946년	수남국민학교 졸업. 중학교 진학 포기, 신문배달을 하던 중 삼천포여자중학교 가사 담당 여선생의 도움으로 그 학교 사환으로 들어감.
1947년	삼천포중학 병설 야간중학교 입학, 낮에는 여중에서 급사로 일하고 밤에는 수업을 들음.
1948년	교내신문 『삼중(三中)』 창간호에 동요 「강아지」, 시조 「해인사」 발표.
1949년	경영부진으로 야간 중학교 폐쇄, 주간 중학교로 흡수. 이때 야간 중학교에서 전교 수석을 한 덕택으로 학비 면제. 제1회 영남예술제(지금의 개천예술제) '한글시 백일장'에 시조 「촉석루」 차상 입상.
1950년	진주 농림에 다니던 김재섭, 김동일과 함께 동인지 『군상(群像)』 펴냄.

1951년	4년제 중학 졸업 후 삼천포고등학교 2년에 편입학.
1953년	삼천포고등학교 수석 졸업(제1회). 모윤숙 추천으로 『문예』지 11월호에 시조 「강물에서」 발표.
1954년	은사 김상옥 선생의 소개로 현대문학사에 취직. 창간 준비 시작. 당시 주간은 조연현, 편집장은 오영수.
1955년	『현대문학』 6월호에 시조 「섭리」(유치환 추천), 11월호에 시 「정적」(서정주 추천) 발표로 추천 완료. 고려대학교 국문과 입학(3년 중퇴).
1957년	시 「춘향이 마음」 발표하고 현대문학사 제정 제2회 현대문학 신인상 수상. 고려대학교를 중퇴하고 『문예춘추』와 『대한일보』 기자로 활동.
1958년	육군 입대. 1년 6개월 근무.
1961년	구자운, 박성룡, 박희진, 성찬경 등과 함께 『60년대 사화집』 동인 활동.
1962년	김정립과 결혼. 서울 종로구 누상동 166의 20번지에서 신접살림.
1962년	처녀시집 『春香이 마음』(신구문화사) 출간.
1964년	현대문학사를 그만두고 삼중당에 입사, 『문학춘추』 창간에 참여, 1년 근무.
1965년	경우당(景友堂) 발행의 월간 『바둑』지 편집장으로 입사 후 6개월만에 그만두고 『대한일보』 기자로 입사, 3년 근무.
1967년	남정현의 『분지』 사건 공판 보고 충격을 받아 고혈압으로 쓰러져 6개월 가량 입원. 『대한일보』 퇴사.

1967년	문교부 주관 문예상 수상.
1969년	삼성출판사 입사. 서울 동대문구 답십리동 11-83번지에 처음으로 집 마련. 다시 고혈압으로 쓰러짐.
1970년	한국시인협회 주관으로 제2시집 『햇빛 속에서』(문원사) 출간. 『서울신문』, 『대한일보』, 『국제신보』 등에 바둑 관전기를 쓰기 시작.
1974년	한국시인협회 사무국장으로 피선.
1975년	제3시집 『천년의 바람』(민음사) 출간. 대한기원 이사.
1976년	제4시집 『어린 것들 옆에서』(현현각) 출간.
1977년	제9회 한국시인협회상 수상. 제1수필집 『슬퍼서 아름다운 이야기』(경미문화사) 출간.
1978년	제2수필집 『빛과 소리의 풀밭』(고려원) 출간.
1979년	제5시집 『뜨거운 달』(근역서재) 출간.
1980년	제3수필집 『노래는 참말입니다』(열쇠) 출간.
1981년	제6시집 『비 듣는 가을나무』(동화출판공사) 출간.
1982년	제4수필집 『샛길의 유혹』(태창문화사) 출간. 제7회 노산문학상 수상.
1983년	수필선집 『숨 가쁜 나무여 사랑이여』(오상사), 『바둑한담』(중앙일보사), 제7시집 『추억에서』(현대문학사) 등 출간. 제10회 한국문학가상 수상.
1984년	제5수필집 『너와 내가 하나로 될 때』(문음사), 자선시집 『아득하면 되리라』(정음사) 등 출간.
1985년	제8시집 『대관령 근처』(정음사). 제9시집(시조집) 『내 사랑은』(영언문화사) 등 출간.

1986년	제10시집 『찬란한 미지수』(오상사), 제6수필집 『아름다운 삶의 무늬』(어문각), 제7수필집 『차 한 잔의 팡세』(자유문학사) 등 출간. 중앙일보 시조대상 수상.
1986년	시선집 『간절한 소망』 출간.
1987년	시선집 『바다 위 별들이 하는 짓』, 『울음이 타는 가을강』, 『가을 바다』, 제11시집 『사랑이여』(실천문학사) 등 출간. 제2회 평화문학상 수상.
1988년	시선집 『햇빛에 실린 곡조』 출간. 제7회 조연현문학상 수상.
1988년	4월 10일 삼천포 노산공원에 「천년의 바람」이 새겨진 박재삼 시비 건립.
1990년	제12시집 『해와 달의 궤적』(신원문화사), 제8수필집 『미지수에 대한 탐구』(문이당) 등 출간.
1991년	제13시집 『꽃은 푸른 빛을 피하고』(민음사), 시선집 『울음이 타는 가을江』(미래사) 등 출간. 인촌상 수상.
1993년	시선집 『사랑하는 이의 머리칼』(동서문학사), 제14시집 『허무에 갇혀』(시와시학사) 등 출간.
1994년	시선집 『울음이 타는 가을강』(한미디어), 제9수필집 『아름다운 현재의 다른 이름』 등 출간.
1994년	『박재삼 시 전작전집』(영하출판사) 출간.
1995년	백일장 심사 도중 신부전증으로 쓰러짐.
1996년	제15시집 『다시 그리움으로』(실천문학사) 출간.
1997년	6월 8일 새벽 5시경, 10여년의 투병 생활 끝에 타계.